U0141106

上海書店出版社
SHANGHAI BOOKSTORE PUBLISHING HOUSE

图书在版编目(CIP)数据

迷失上海/巴宇特著.一上海:上海书店出版社,2005.9

ISBN 7-80678-409-8

Ⅰ.迷... Ⅱ.巴... Ⅲ.散文-作品集-中国-当代 Ⅳ.I267

中国版本图书馆 CIP 数据核字(2005)第 077891 号

迷失上海

巴宇特/著

责任编辑/王琳　欧阳亮　特约编辑/孙文森

技术编辑/张伟群　丁多　装帧设计/王慧

世纪出版集团上海书店出版社出版

上海世纪出版集团发行中心发行

上海福建中路 193 号　邮政编码/200001

www.ewen.cc.　www.shsd.com.cn.

全国各地书店经销

上海展强印刷有限公司印刷

开本 635×965　1/16　印张 11.5　字数 94,000

2005 年 9 月第 1 版　2005 年 9 月第 1 次印刷

印数:1—5 000 册

书号:ISBN 7-80678-409-8/I·36

定价:18.00 元

目录

序／陈冠中 1

世纪末的图书世界里，该信谁？ 1

是谁最能影响我们的阅读兴趣？由于“本世纪最佳小说”引起的争论，使得我家附近的书店，将《尤利西斯》、《洛丽塔》以及兰德、哈波德的小说，杂乱地放在同一张标有“夏季特别推荐图书”的桌子上。如同许多后现代的装置艺术一样，这种“随意”的摆设仅仅界定了一个场所，创造了一种氛围，勾起了某种欲望。

同性恋“天鹅湖”：感情、形式、观念的创新 8

伯恩的《天鹅湖》绝没有对男人提供如同娜拉出走一样的明

有施虐狂和受虐狂倾向的人才可能欣赏《泰特斯》这出戏。但他忽略了一点,那就是莎氏的观众中具有如此施虐狂和受虐狂倾向的人一定不在少数。

另类的私空间　100

在现代社会生活中的家庭、婚姻、工作的抉择都需要和识别文化的真品或赝品同样的果断和眼力;每个人的选择最终都体现了他们的自我。意识到这一点反而使人更清醒地意识到个人的责任,批评家实际上也是读者也是创造者。

赛文纳的幽灵　115

《善恶园》实际上很得赛文纳的精髓,因为它懂得包装,尤其是对于反现代的幽灵的包装,包括巫术、同性恋,还有那些为现代社会的体面人所不齿的颓废文化。

“幸存者”的经验　125

很显然,戏有的时候是可能“过分”真实的,几乎每一集都有一些细节会给人以如此的反应。当电视台真的把人性的黑暗面表露在我们面前的时候,再坚持说这不过是场游戏,这不过是个

机”，另一方面中城的联合国代表着“人类的联盟”，纽约就这样同时给人带来“全球性的困惑”和“普遍的答案”。对此矛盾，怀特的态度很明确：不去面对纽约这个“诡秘而辉煌”的城市，等于死亡。

怀旧的故事 162

俄底修斯这样一个情感丰富的英雄好汉生活在一个不可解的悖论之中，既逃脱不了怀旧的情绪，又不愿放弃丰富的生活。一般人却免不了要选择一方，要么选择遗忘，要么选择滥情。然而，“选择”二字是那样的简单，哪里可以容纳两个处在选择的十字路口的普通人的错综复杂的感情纠葛？这便是昆德拉的小说了。

后记 170

序

陈冠中

上世纪末，一份叫《万象》的杂志诞生了，据说它跟四十年代的同名杂志有着某种精神上的密承，不过今天新一代谁会买账，没有真功夫休想吸引大家。《万象》凭什么呢？坦白说，《万象》这样的小杂志，只能凭文章。倒过来说，真有了好文章，杂志还怕没人看？雅而低调的编排和精而谦虚的配图都只是想赶走一些粗鲁的错位读者。

好文章谈何容易？编过杂志的人都知道，一是要有好作者，二是要确保好作者把他最好最用心的东西交给你，而不是在应酬你，或把轮回投胎多次的掺水仓货塞给你。另外，编杂志最大的满足之一，是发现新写手，往往，是这些新写手成就了一份杂志的特色。

我们这些嗜看杂志的人，就是这样一期一期地看《万象》的文章，渐渐意识到《万象》特有之味，竟多是散发自一些之前我们不太熟悉的作者的文章。

其中一个作者是巴宇特。

巴宇特一出手就不像新人，可能只是个新笔名，或长期养在深闺里秘密练功未为人知，或是年纪轻轻却有着老灵魂，可能三者都是，总之是高手。后来，我知道这是位女性，长期在美国大学里教书，父辈可说是往来无白丁。

难怪巴宇特的文章，带着美国《纽约客》之类杂志的神韵，文字优美却浅白简洁，纹理丰富却畅顺好读，含资讯量固然要高，观点却不能像说教而是要举重若轻的不言而喻。杂志式的长文章是一种特殊的写作，其实是很讲究形式感的，有人说写作是没法教的，有些作者自然懂，有些永远抓不到。

文集里的文章除了最后一篇外都曾在《万象》发表，多从某一个文本开始，小说、传记、散文、画册、芭蕾舞剧、电影、电视节目，然后引入上下文情境和作者生平，抽丝剥茧，旁征博引，用学院的说法大概是一种普及的新历史主义的进路，既是休闲阅读也是对读者的补课。

巴宇特谈到的文本，有些是我看过的，如《我们这群怪物：我的波西米亚的美国》、《善恶园中的子夜》、《当我们曾是孤儿的时候》、《恋爱中的莎士比亚》，不过，巴宇特的文章总能加深我的理解。

那些我没看过的文本，读了巴宇特的评价后，我也有冲动去追看，如血腥莎剧改编的血腥电影《泰特斯》、迷离的三十年代德文小说《阿里与尼诺的故事》。巴宇特唯一打动不了我去看的是美国电视真人秀《幸存者》。

巴宇特写的多是欧美文本，不过其中有好几个是涉及中国的，如中国作家虹影已被译成多种文字的小说《K》。巴宇特很敏锐地指出，“《K》若是对中国现代文学史作出了什么补充，那么这个补充恰恰是在于虹影创造了一位内涵丰富的外国人”——布鲁姆斯伯里的第二代朱利安·贝尔。

当然，巴宇特笔下的美国女作家项美丽更声色味俱全。这名三四十年代纵横中国文化江湖（包括香港）的女人，能不让人想入非非？虽然，今天在中国混的各国女人肯定比以前任何时候都多，可是我大概也与许多《万象》读者一样，喜欢通过文字沉溺在上世纪某个褪色的时空。

那篇对美国的中国历史学家史景迁的长访问也很有瞄头。巴宇特挑拨地问:“你的理论前提与福柯、萨义德有什么不同?”勾起史景迁一大段话:“我不认为存在着一个全面的、涵盖一切的世界观。我不认为有一个统一的‘西方’……即便以最宽泛的方式来界定‘外国帝国主义’,我也找不到某种一贯的特征……令我感兴趣的是西方对中国发表意见的人并没有处于一种高高在上、意欲征服中国的位置,相反他们经常对于中国文化表示敬畏……如果说一定要在西方对于中国的反响寻找一贯性的主题,那么这个主题只能以敬畏、崇拜,甚至恐惧来描述……我不知道你是否可以说这是东方主义的反面。因为这里是西方人害怕中国人的注视,不是中国人在西方人的注视下丧失人性。”

我们谈异国文化,要细、要准确。巴宇特的文章够细、够准确。

我有个作家朋友曾说过,外国、外国,是不是有个国家叫外国?我也烦一些人整天说国外这样那样,不管他们是说正面的还是负面的。哪来一个“国外”?粗枝大叶的说法,或许好听,但肯定不可信。

我一般可以忍耐很多人的泛泛之论,但有时候也想听听真知灼见。谈到英美当代人文精英文化,听巴宇特我比较放心。

2005 年 7 月

世纪末的图书世界里，该信谁？

由于“本世纪最佳小说”引起的争论，使得我家附近的书店，将《尤利西斯》、《洛丽塔》以及兰德、哈波德的小说，杂乱地放在同一张标有“夏季特别推荐图书”的桌子上。如同许多后现代的装置艺术一样，这种“随意”的摆设仅仅界定了一个场所，创造了一种氛围，勾起了某种欲望。

兰登书屋下属的“现代文库”于七月下旬发表的“本世纪一百本最佳英语小说”的书单，确实是一个绝妙的促销策略——仅仅几个星期之后，美国最大的网上书店 amazon. com 就宣布一百本名著中荣列榜首的《尤利西斯》挤入畅销书榜，排名第三位。其他入围作品，如《美丽新世界》、《了不起的盖茨比》、《洛丽塔》等，亦销售成绩斐然。据说，一九二〇年至一九三三年间，《尤利西斯》因其中露骨的色情描写，在美国被禁止出版。多亏一位有学问、有远见的联邦法官，赏识乔伊斯“严肃认真”的创新精神，宣布解除禁令，兰登书屋才得以于一九三四年首家推出这部名著的美国版。本世纪初一位法官对于文体规范的敏感,本世纪末某位总经理对于市场运作的准确把握,同样的真识卓见,同样使得“现代文库”一再履行其“把欧洲经典廉价引入美国”的创业精神,使得名著走入了寻常百姓家。几十年前,文化生产需要一个权威人物说几句公道话;几十年后,商业的运作不断依赖、不断构造着一个“大众”的神话。世纪末的图书世界里,这个具有权威性的“大众”又是谁呢?

首先,二十世纪末的“大众”,早已不是无声无息的被动的消费者,而是脾气急躁、喜欢争论、富有参与意识的上网族。“现代文库”的书单发表之后,因特网上不断有人质疑入选书目、评审委员,甚至评审程序。因此引发了几家图书机构,包括“现代文库”本身,纷纷开展以“公众”为中心的图书评选活动。虽然通过因特网折射的“大众”形象仍旧扑朔迷离,评论家对于“大众”的参与基本是肯定的,连带也就对此类评书行为表示认可。有人预言性地指出:批评是好事,起码可以鼓励美国公民讨论文学。也有人书生气十足地坦白道:成人之爱某一本书,如同少儿偏爱某一种花色、某一首流行歌曲。偏好界定了个人的脾性、趣味。更有人近似受虐狂地说:最好的书单是最能让人愤愤不平的书单。这一下,引得“现代文库”的负责人沾沾自喜地向大家炫耀:

我们的评选活动，本来就是一个“骗局”，但却是一个“好的骗局”。评委会固然可以被质疑，评审过程也过于仓促，非如此，如何引起“大众”的争议呢？

如果“大众”的参与真能使我们通过争议了解自我的话，让我们来看一份由“现代文库”组织的上网族评选出来的“本世纪一百本书”的书单吧。简单地说，这份书单与由六十五岁以上白人男性居多的评委会决定的书单几乎没有共同之处。最明显的差别是，头十名中竟有四本是同一作家的作品。作家的名字是安·兰德(Ayn Rand)，她的小说《亚特拉斯耸了耸肩》(*Atlas Shrugged*)排列榜首，《泉源》(*Fountainhead*)第二，《我们这些活着的人》(*We the Living*)第三，《赞歌》(*Anthem*)第四。安·兰德何许人也？我跑到书店，花了几块美金买了一本《赞歌》，算是赶了一回时髦。回来发现，与其说这是一本小说，不如说它是一本哲学箴言录。封面、封底、前言、“作者的话”，无一与情节有关，都在宣扬兰德所谓“客观主义”哲学的核心思想——个人主义。据兰德的一位信徒归纳，“客观主义”可以用几句话来介绍：在形而上学的层面上相信客观现实；在认识论的层面上相信理性；在伦理上相信个人主义；在政治上相信资本主义。时值夏末秋初，关于总统情事的法律文件，被包裹成淫秽小说(或许是被包裹成法律文件的小说)，通过因特网传到我的面前。我对“客观现实”、“理性”、“个人主义”，甚至“资本主义”的怀疑都是不容置疑的。我因此失去了所有继续研究安·兰德的兴趣。到现在只记得小说中几个角色的可笑的名字：Collective 0-0009(绝对是反派人物)，Liberty 5-3000(多半是左右摇摆的中间派)，Equality 7-2521(唯一的英雄人物)。

安·兰德于一九〇五年出生于俄国圣彼得堡的一个犹太人家庭里，一九二六年移居美国，一九八二年去世。她的第一本小说《泉源》写于一九四三年，描写一位信奉现代派艺术的建筑师与一位主张回归古典主义的“寄生虫”之间的斗争。其结果当然是现代派在艺术思想上、道德伦理上、实际生活中大获全胜：主人公不但在一场大火中悲剧性地履行了自己的创作思想，而且赢得了一位身体线条如同现代建筑一样的男性化、性格古怪、脾气乖张的女人的爱。《泉源》一炮打响，被好莱坞买下拍了电影。兰德自己不但因书成名，更靠其个人主义的思想收了不少信徒。有一位学习心理学的大学生为她创办了一所学校，专门传授“客观主义”，到六十年代末已经毕业了二十五万学生。七十年代安·兰德的思想甚至对尼克松政府、特别是现任美国联邦储备银行总裁的格林斯潘，都有很大的影响。即便在她去世后，今年年初还有一部题为《安·兰德:生活的感觉》的纪录片竞选奥斯卡奖。正如《纽约时报》书评家指出的那样,安·兰德的一生"成就了一个个人的神话",而这个"个人"首先是她自己。

离开"现代文库"的权威书单,走向"大众"的书单,原来的问题仍旧没有解决:读者的趣味愈来愈多样化("大众"的书单中也有人喜欢极其实验性的小说,如托马斯·品钦[Thomas Pynchon]的后现代作品《重力的彩虹》);文学标准显然无法统一(这毋须赘言);文学的定义日益模糊(九月中旬网上一度显示电台播音员赫华德·斯坦[Howard Stern]的个人披露性极强的小说《私部》被"大众"推为第二十名,这算自传还算小说?);关于文学的讨论永远无法限定在"文学"的范畴里(推举安·兰德的人喜欢的是她的小说,还是她的哲学?再之,对于"现代文库"书单的批评多半是针对作者、评委的国籍、种族、年龄、性别而提出的。这些批评最终引发了评委之一的亚瑟·史来辛哲教授对于评选过程的质疑;而他,作为曾写过两本总统传记的知名历史学家,当然是对美国的民主运作有足够的认识的)。

这些问题不禁使人追问:是谁最能影响我们的阅读兴趣?由于"本世纪最佳小说"引起的争论,使得我家附近的书店,将《尤利西斯》、《洛丽塔》以及兰德、哈波德(Ron Hubbard)的小说,杂乱地放在同一张标有“夏季特别推荐图书”的桌子上。如同许多后现代的装置艺术一样，这种“随意”的摆设仅仅界定了一个场所，创造了一种氛围，勾起了某种欲望。书最终是为了读的。而任何书单、任何排列，甚至电脑上的公众意见栏，都未必能够反映出真正的阅读过程。比如，我很想知道，推崇兰德小说的读者，认同的是她的小说中个人主义的英雄，还是反派人物——社会的“寄生虫”？世纪末的图书世界里，该信谁？

一九九八年十月于纽约

同性恋"天鹅湖":感情、形式、观念的创新

"同性恋"与其说是导演刻意体现的意图,不如说它提供了一个新的语境,使得抽象的古典芭蕾语言,更加贴切地传达为现代都市观众更能接受的复杂感情。

提起古典芭蕾舞剧《天鹅湖》，有谁不会立即联想起身着洁白的紧身衣、身材娇小玲珑、舞姿柔美动人的女演员的形象？试想扮演天鹅的人不是仪态姣好、风情万千的女子，而是一群粗犷矫健的男人，你会作何反应？最近，英国艺术家马修·伯恩(Matthew Bourne)编导的芭蕾舞剧《天鹅湖》，恰恰是以这样一个全新的造型，走上了纽约百老汇主流剧场的舞台。迄今虽然说不上场场爆满，却已经赢得了批评界的普遍好评。有人认为伯恩创造了一个“同性恋芭蕾”，这话虽然不错，但是“同性恋”这一标签却很难涵盖这一聪明机智的改写所具有的丰富内涵。就此舞剧来说,"同性恋"与其说是导演刻意体现的意图,不如说它是提供了一个新的语境,使得抽象的古典芭蕾舞语言,更加贴切地传达为现代都市观众更能接受的复杂的感情。

对我这个不谙舞蹈艺术的外行观众来说,伯恩编导的《天鹅湖》对我的吸引,首先在于它起伏跌宕的情节。舞剧以希格菲里德(Siegfried)王子童年时的一场恶梦开始,以成年王子的疯狂、惨死的悲剧告终,其色调比传统的《天鹅湖》阴郁得多。虽然如此,柴可夫斯基创作的音乐中所弥漫的浪漫主题非但丝毫没有因之减弱,反而更加扣人心弦。关键在于这个舞剧所讲述的爱情故事具有丰富的社会、文化、心理内涵。古典芭蕾舞具有强烈的表演性,十九世纪末俄国舞蹈家伊万诺夫(Ivanov)、柏比塔(Pepita)编排的《天鹅湖》,其编舞在很大程度上是为了展示女演员卓越的舞蹈技巧才设计的。最近几十年,虽然有不少导演试图重新诠释这一经典舞剧,却很少有人触及到原故事中关于男女爱情的核心部分。传统《天鹅湖》中所描绘的爱情故事虽然具有浓郁的田园色彩和自然主义倾向,同时也拥有明显的暴力倾向。无论是普通的乡村妇女还是作为美的化身的天鹅,首先都是男人们角逐、猎获、竞技的对象。奥黛特/奥蒂尔(Odette/Odille)的黑白对比被赋予明确的道德意义,她们之间的竞争有助于确立王子这一理想的男性形象。这个故事的每一步在现代社会里都是值得怀疑的。

女性主义者对这个传统的故事的评价是可想而知的。仅就男性的角度来说,现代的王室贵族中尚有几人能在政坛、情事上维护自己不容侵犯的神圣形象?伯恩在《天鹅湖》里把希格菲里德王子塑造成一个孤独、忧郁、自恋的现代青年。既无法忍受宫廷的繁文缛节,又不能适应宫廷之外的杂乱、暴力的生活。在高傲的母亲冷冰冰的教养下,在小报摄影记者无情的追逐下,在浅薄的女友的背叛之后,几乎走到了痛不欲生的边缘。这样一个在公众形象和感情生活两方面都一败涂地的"王子"形象,未必是当今温莎王朝的真实写照,却能够打动不少英、美观众的心。更为关键的是,传统"男性"的理想人格——那种成功的丈夫、父亲形象,对于普通男子的规范、约束力量,丝毫不比传统的"女性"理想对于女人的束缚有所减少。女性的觉悟自然源起于对于"男性"权威的批判,但是"男性"也可以从其他的角度给予解析。《天鹅湖》绝没有对男人提供如同娜拉出走一样的明确答案,但是它对于男人感情生活的描述的确远远丰富于传统的芭蕾舞剧。王子对于孤独的体验、对于性爱的渴求、面对情场如战场的情爱游戏的恐惧,在阴险、暴力的现实生活中所感到的孤立无助，应该能在现代社会的许多男人、女人心中引起共鸣。

对于内向、敏感的王子来说，对于爱情和美的追求是一步步走向黑暗的欲望误区的过程。少年王子梦中见到的天鹅，是一种无名的怪物。王子被恐惧惊醒之后，渴望得到母亲的抚慰，却被冷冰冰地拒绝了。天鹅在第一场终结时又一次出现，他们一面自由自在地在公园的池塘里嬉戏，一面略带挑逗性地向情绪低落的王子召唤。然而一旦王子试图接近他们，天鹅立即奋起双翼，将王子打翻在地。他们是人、是鸟，更是抽象的强有力的男性之美的象征。这时编导的舞蹈语汇融合了现代舞、爵士舞和印度舞蹈的特点。奥黛特终于出现了。他俨然是天鹅之王，最矫健、最细腻、最丰富。他与王子的双人舞充满了性爱的暗示。王子的手好奇而温柔地抬起天鹅的翅膀，抚摸着他的腿部。天鹅则挑衅似地近乎粗鲁地吻过王子的头、颈、胸。舞到兴处，天鹅以其强有力的肩膀，负起了王子，两只翅膀亲切地围拢着王子蜷曲的身体，如同亲子一般，给予了王子毕生从未体验过的接受和爱护。这份感情是梦是真？应该说它既是对王子贫乏的感情生活的补偿，又是一个崭新的爱情理想的实现。等到下一场，天鹅以身着黑衣的引诱者的形象再次出现时，我们立即清醒地意识到爱情和欲望之间、升华与毁灭之间、光明与黑暗之间并没有不可逾越的界限。风流英俊的奥蒂尔给矫揉造作的宫廷舞会带来了神秘的活力。各国公主，甚至是王后，都忍不住争先恐后地与奥蒂尔调情。是无法掩盖奥蒂尔对自己的吸引，还是出于对奥蒂尔男性魅力的嫉妒，还是由于仇恨浅薄的母亲，王子终于面对公众打开了欲望/幻想/死亡的大门。这一非理性的举动自然只能导致毁灭。即便是浪漫主义的梦幻也无法改变这个命运。在最后一场，王子虽然唤回了天鹅，却不能保证梦境没有折射现实生活的竞争、暴力。伯恩的《天鹅湖》如同前拉斐尔派画家伯·琼斯的绘画一样，强烈地传达了对完美境界的怅望，却不愿重新塑造一个理想的神话。

以情动人，以理服人，现代艺术虽然多彩多姿，能够打动观众的仍然不过是这两种渠道。伯恩编导的舞剧《天鹅湖》可谓在两方面都是极其通达、流畅的再创造。

一九九八年十一月于纽约

"瞄看"中国——史景迁教授访谈录

如果说一定要在西方对于中国的反响中寻找一贯性的主题，那么这个主题只能以敬畏、崇拜，甚至恐惧来描述。

史景迁(Jonathan Spence)教授无需介绍——他的著作,《改变中国》、《天安门》等,在国内读者中已经广为流行。也许有必要指出的是,他的英文著作常常能够吸引一些学界之外的一般读者,如他的新著《可汗伟大的国土——西方人头脑中的中国》(*The Chan's Great Continent*:*China in Western Minds*)出版后即得到媒体的广泛注意。不知是否"猎奇"的心态在作怪,《万象》的编辑嘱我邀史教授就此书作一访谈,看来编辑对于作者的"如是说"还是相当重视的。在这一点上,编辑和我竟与史教授的初衷不谋而合。访谈中常有思想之灵光的闪现,由于篇幅有限,只能摘录其中精彩的部分，以飨读者。

问：史教授，请您谈一谈书名含义。您在前言中指出“Chan's Great Continent”这几个字出自 Hart Crane 的诗《桥梁》。您在书前摘的那几句话：“在月光的引领下，等待着晨曦照亮天际，——可汗伟大的国土第一次呈现在眼前。”在我看来似乎含义极其丰富。是否请您谈一谈您在选用这几个字作书名时，希望传达哪些多重的意义？

答：我想这个标题“Chan's Great Continent”首先应该令人回想起悠久的古代。我喜欢“Chan”这个字，因为它听上去像中文里的词，但实际上它不完全是中文。它更令人联想起“Khan”（可汗）。它还和哥伦布的误解有关——哥伦布以为他发现的是中国或 Cathay。总之，这个字带一点中国味儿，令人联想起元朝蒙古人统治之下的中国，以及西方人对于中国的“误置”。哥伦布代表了这种“误置”。虽然是误置，却因此产生了其他伟大的发现。世界为这一复杂的错误而改变。所有这些意思都涵盖在这一简单的词“Chan's Great Continent”之中。Hart Crane 把这多重的意义看作是建筑文化桥梁或者进行复杂的文化交流的一部分。他对世界上跨文化的联系是很感兴趣的。我记得 Crane 曾经有意在这首诗中长篇大段地描写中国，或者说中国这个概念。但他后来改变了主意。我喜欢这个词,还因为Crane诗中的这一段是从一个类似哥伦布的人物的角度来描写的。诗中他仿佛在等待着夜幕逐渐升起,仿佛在晨曦中眺望中国。他似乎在等待着清晨的到来,传达了一种期盼的意味,期待着某种灵光的显示,某种启蒙。作为书名,这几个字不多,却意义丰富。我向来很注意选择标题。我曾经想以现在的副标题"西方人眼中的中国"来命名此书。意义当然一目了然,却缺乏趣味,没有神秘感。为了在标题中强调观察中国的视角的不确定性,我曾一度把这本书题为"瞄看中国"(China Sightings)。我在前言中发展了这一想法。"瞄看"这个意象又与航海、与哥伦布都有关。它描述了西方人在船上透过云雾、水雾察看中国的场景。"瞄看"中很少有人能看到全貌,每个人看到的都是一个片面。你可以说这本书就是由一系列的片面的观察组成的。但是贯穿始终的是如正标题中所指出的"伟大的国土"。西方一直认为中国具有一个令人惊诧的伟大的文明。这个思想确实在这本书里不可忽视。

问:我想请您进一步阐述一下您刚才所说的哥伦布发现新大陆以及西方人观察中国的联系。您的话令我想起一本书:艾柯(Umberto Eco)的新著《意外的收获和语言的疯狂》(*Serendipity and the Lunacy of Language*)。书中艾柯把哥伦布发现美洲比喻为一个语言的事故，同时也是一种意外的收获，因为它本来是错误的命名，却在历史上产生了巨大的意义。

答：我没读过艾柯的这本书。艾柯是一个聪明人，不过我不知道他是如何阐述这一观点的。在我所讲述的故事中，命名并不改变故事的实质。名字本身不重要，但是名字代表的东西却很重要。这就是西方首先遭遇的是蒙古人统治下的中国，并不是一个强有力的中国政权。他们花了好长时间才把这件事搞清楚。换言之，你可以说在西方，地点比政权更为重要。不管统治中国的是哪个家族，哪个王朝，哪个政府，中国这个地方在西方总会唤起一种特别的气氛。艾柯也可能想得很对。我也很喜欢语言的事故。许多研究中国的西方人都经常会走入死胡同。他们试图探讨一个问题，却从一开始就走错了路，肯定不会有结果。而哥伦布实际上也是完全走错了路，却产生了结果。

问：请您解释一下副标题。我对"头脑"(minds)这个词很感兴趣。我想您一定有意选择了这个词的复数形式。这使我想起一本完全不同性质的书：萨义德(Edward Said)的"*Orientalism*"(东方主义)。对萨义德来说，似乎在众多的关于东方的叙述的背后有一个单一的"头脑"在控制它们。而这一"头脑"是受福柯的有关知识与权力的理论影响的。您的理论前提与福柯、萨义德有什么不同？

答：我想如果说我在这本书中试图发展某种理论的话，那么一定是朝着一个截然相反的方向。我并不认为存在着一个全面的、涵盖一切的世界观。我不认为有一个统一的"西方"。我在英国长大，在法国生活了一段时间，在德国服过兵役，在西班牙漫游了很久，之后又到了美国，我个人的经历使我很难想象存在着一个统一的"西方观点"。到了美国之后，我发现美国更是完全不同，它自身就非常分化。即便以最宽泛的方式来界定"外国帝国主义"，我也找不到某种一贯的特征。法国、意大利、德国、俄国，对于中国的看法和殖民方式有很大的差别。而令我感兴趣的是西方对于中国发表意见的人并没有处于一种高高在上、意欲征服中国的位置，相反他们经常对于中国文化表示敬畏，为他们的所见所闻而震撼。他们很多时候并不试图征服什么，他们只是努力理解他们自以为看到的东西。当然他们的观察可能是错的，或者很片面。我想我对于宏观的阐释体系向来不感兴趣，是个人性格所决定的。我自己的历史著作中并不存在任何宏大的关于中国的解释体系。我更喜欢你刚刚谈到的艾柯所说的"意外的收获"。实际上(关于中国的观察)不断改变其焦点，其中有很多事故的成分存在。如果说一定要在西方对于中国的反响中寻找一贯性的主题,那么这个主题只能以敬畏、崇拜,甚至恐惧来描述。这些感觉是很深层的。你可以说这些感觉会导致一种征服的欲望,但是起码对于我的大部分的研究对象来说,这种情况并没有发生。我想我的理论是建筑在一种否定式的方式之上的。

问:我想请您谈一谈您书中所涉及的材料。您的书跨度很大,从马可·波罗讲起,一直讲到卡尔维诺(Italo Calvino)。时间跨度长达七百年。其中有的作者到过中国,有的作者只是通过别人的叙述来了解中国。您是如何处理真实性(authenticity)的问题的?我讲的真实性不只局限于这本书,更与您的历史研究的方法有关。

答:你说的这两种"真实性"是完全不同的东西。我并不想断言我书中描述的任何人的观察是准确无误的。我只是集中地记录了他们自以为是的观察结果。在某一类历史研究中有人会质疑材料的真实性,这种质疑与我所作的研究没有关系。我的目的并不在于试图证明孟德斯鸠(Montesquieu)是否正确,或者利玛窦对晚明社会的观察是否正确。

问:不过虽然您没有试图得出评判性的结论,在叙述过程中您仍然不断地对于"事实"和"虚构"加以区分,对吗?

答:只是在有的时候。另外一些时候,我故意混淆两者的界限。有的小说作家,比如我书中写到的 Oliver Goldsmith,在我看来他提出了一些关于英国社会的很令人信服的道德观点。就此可以看出,很多小说家是利用中国来批评他们自己的社会。而另外一些人,比如笛福(Defoe),则是利用中国来批评中国,以及英国那些主张对中国亲和的人。也就是说,很多小说家都有自己的政见,有自己的目的。比如伏尔泰(Voltaire)、马尔罗(Andre Malraux)和Jane Gillet都属于这一类。我书中提到的许多书都是政治性很强的书。卡尔维诺比较与众不同。谈到他,我们便又回到了你提到的艾柯的世界。卡尔维诺的作品给人一种令人惊讶的游戏感,令人感到他从字词游戏和解释的迷宫中得到巨大的快乐。他关心的不是真实性的问题,而是思想的创造性。通过马可·波罗和忽必烈汗的对话所表现出来的中国,代表着卡尔维诺自己的艺术的总和。作为一个象征,这个"中国"是可以成立的。我尽量试图从作者自己的角度来解释他们。我的目的并不是要对这些作者作出任何论断。而且我选择的作者是可能选择的范围之中很小的一部分。任何评论家都有理由指出我应该包括而没有包括某些其他的人。可供选择的人物实在太多了!我试图做到有代表性,同时涉及不同体裁的写作。我的书没有包括美术、电影、音乐,也没有深入讨论诗歌。在真实性的问题上,我只能说我相信我讨论的作者都是他们的文章的真正的作者。大部分作品是出版物。马可·波罗的当然是手稿。另外我没有涉及的还有作品的传播。有些书属于畅销书,比如赛珍珠(Pearl Buck)。也有的书仅仅为欧洲精英阶层中很小的圈子所阅读。有的书吸引的主要是美国一般的读者,而另一些书的读者却主要是法国的中产阶级。不同的作家吸引不同的读者群。我没有试图去猜测这些人的影响有多大,那是另外一类的研究了。别忘了这本书是出自一系列介绍性的演讲,之后我才把讲稿整理成书。

问:请您谈一下联贯性的问题。您曾说过全书基本上按照时间顺序安排,同时有其他的组织形式。我在阅读中感到有的作者关于中国的叙述像"故事新编",有的叙述仿佛是以前从来没有过的。您是怎样描述这些关于中国的叙述之间的"连续性"的?西方人对于中国的看法有没有一定的"连续性"?如果有,在哪个层面上?

答:很难说得很准确。在对于中国的兴趣上,有连续性;至于这一兴趣如何发展,却没有连续性。我的书里的一个主题便是为什么中国对具有不同的思想的西方人有那么大的吸引力。我的回答是片面的,而且是侧面的。那便是一个文化丰富与否的证明恰恰在于它是否能够吸引其他文化对它产生兴趣,去观察它、研究它、写它。如果这个标准能够成立，那么中国的确是一个令人着迷的社会，因为在西方这个完全不同的文化中居然有那么多人沉浸在其中。这在我来说是一种实实在在的联贯性。在这七百年的时间段中，对于中国的事情几乎没有明显丧失兴趣的时候。当然这取决于文本的传播。你可以说十五世纪时，由于欧洲正处于文艺复兴时期，蒙古帝国业已崩溃，而伊斯兰教开始广泛传播。除了这段时间，对中国的兴趣是持续的。……我不认为有笼统的联贯性。有一些关于中国的虚构（是联贯的）。我把它们称作"故意的虚构"，也就是说这种虚构有一定目的，或者说它们自己意识到是虚构。这些神话从十四世纪到现在一直很流行。关于中国幻想、中国浪漫的历史小说在不同时期为适应不同读者的需要而被重新塑造，这就是你所谓的"故事新编"，可是"新编"的方式是多种多样的。我想唯一的联贯性在于"虚构"这一行为本身，以及读者对于这个题目的持续的兴趣。我的确试图解释"猎奇"这个词。萨义德和其他的学者对于这个词很关注。如果一个社会发现另一个社会很具有所谓的"异国情调"，那么它是否有意要征服对方？它是否像有的学者所说的那样，要把对方降低为"他者"？很明显，每个社会都有不同的"猎奇"方式。在某种程度上，中国之于西方、之于旧金山、之于美国的机遇在看法上都有“猎奇”的成分。……

问:您的书中有一个细节,就是 Lord McCartney 在中国时曾经有人给他看了一份用中文写的他带给乾隆皇帝的礼单,其中包括“高不及十二英寸的侏儒”和“猫一样大小的大象”等。这应该是中国人构造的“异国情调”了。

答:我对那个细节很感兴趣。我曾多次读过 Lord McCartney 的著作,都忽略了这个细节。这次居然注意到了。它的确证明了“奇异”的意象可以是双方面的。“猎奇”的心态当然会给人带来一种笼统的熟悉感,但是它中间也有敬畏的成分,也可以不乏想象力。当然有时候“猎奇”具有意欲征服的一面,但这未必是唯一的结果。比如 Pierre Loti,法国专门创造“异国情调”的作家,在他的法国读者群看来,他从东方汲取的是具有感性的意象,而这些意象来自土耳其、越南、日本、中国。Loti 曾描写过以上所有的社会,有的他曾经到过,有的他根本没有访问过。而当他描写到义和团时,他创造的那些具有“异国情调”的意象和死亡的意象融合在一起。这也是在小说中经常可以发现的情况。“异国情调”多半和失落感或对某种文化丧失信心有关。有的时候对某种文化的熟悉感会变得过强。如果你对于一个文化认识得太清楚,就不会有“猎奇”的感受。“猎奇”和熟悉感是相对立的。

比如中国在毛的时代，由于毛泽东极力使中国面对西方孤立起来，中国之于西方变得很有“异国情调”。我想西方毛泽东思想的同情者多半不是出自政治情绪，而是更多地带有浪漫和怀旧的色彩。这和不可能去中国有关。现在人们可以去中国，猎奇心态有所削减。这种心态的波浪性的动向倒构成某种联贯性。也就是说，吸引力与是否可以接近有关。这不成其为理论，可以算作一种说法。

问：我对具体的章节还有一些问题。比如第五章中，您主要讨论了西方重要的启蒙思想家，比如孟德斯鸠、伏尔泰、赫尔德(Herder)等对于中国的看法。是否可以请您明确地讲述一下中国在启蒙的理想中占据什么样的位置？

答：这个问题可以通过不同的途径来探讨。已经有很多政治理论家、历史学家、跨文化专家对此进行论证。我认为如果启蒙时代被用以指代一七三〇年至一七八〇年之间且多半是发生在法国，一部分是发生在德国、英国、俄罗斯的那场哲学运动的话，那么它的主要前提是一种对西方文化的理性化的反思。其中包括对于基督教会特别是天主教会的批判，对于独裁政府的批判，和渴望建立某种不同于从前的社会平衡。孟德斯鸠、卢梭都扮演了强有力的角色。当时人们主要通过长老会的牧师来了解中国。当时这类书很流行，最重要的一本，即 Jean du Halde 的《中国历史》，出版于十八世纪三十年代。这些传教士虽然在传教的问题上对中国很失望，却在著作中把中国描述成一个运作得很成功的理性社会。中国在他们的笔下具有一个强大的、有效率的中央政权，建筑在一套主要是儒家的道德体系之上。这一理性而有效的中国社会显然不是基督教的，它的政权与欧洲贵族的等级制度毫无关系。于是启蒙的追求就使得人们把中国看成是另一种政权的形式，利用中国来证明建立一个理性的有秩序的社会并不需要基督教会。所以中国一方面提供了一种模型，另一方面在启蒙时期的文化批判中占据了中心的位置。之后不同的思想家感到这种理念过于简单。比如孟德斯鸠起初发掘了一下这个思想，之后他认为中国不重视个人的地位，而西方这时恰恰正在试图抬高个人在社会中的地位。我在书中并没有提到卢梭。他是一个很复杂的思想家。他就非常反对利用中国来达到启蒙的目的。因为他当时正在发展一种普遍性的理论，具有一个道德中心，政治的参与以非等级的方式进行。所以当时"东方的暴政"这个词开始流行，这部分因为孟德斯鸠，部分因为其他的思想家。中国由于某种理论的需要而以一种特定的方式被利用，世界历史中的其他发展使这一用途局限于某一段时间。比如随着有关人类进步的理性观念的发展,越来越多的西方思想家意识到进步在中国是很缺乏的。这个思想到了黑格尔那儿达到极端。关于黑格尔可以写好几章,我在这本书里没有讨论他。

问:请您再谈一谈历史和进步的问题。您在第五章中指出像伏尔泰这样的启蒙人物认为中国没有历史,因为它处于停滞状态,没有进步。

答:伏尔泰与上面所说的人不同。伏尔泰认为中国处于历史的早期,后来因为它不能适应,被历史落下了。他仍然认为中国有一个道德中心。他崇拜中国是因为中国处于人类文明进程的前期,但后来被跳过去了。到了黑格尔那儿,他把中国"理性化"到了世界历史之外。他也认为中国是历史的早期,之后它被逾越了,因为它没有探索世界的精神。这代表了对于中国的历史位置的消极的倾向,持续有一百年。当然你可以说这都是空想,是西方知识分子的建构。至于它与中国宋朝时期真正的历史,与中国的科技的发展有没有关系还是探讨之中的问题。不管怎样,以上所说的都在欧洲思想中占据主要位置。它证明西方人脑子中的中国未必是东方的中国。所有这些人都没有去过中国。后面一章中我谈到唯一一个在中国生活过的理论家,就是本世纪的 Karl Wittfogel。四十年代有一位学者发现孟德斯鸠曾经访问过住在巴黎的中国人,这可以算作部分的例外。这位学者发现了孟德斯鸠的笔记,其中还有他写的感想。这一发现对于我们的认识有很大的改变。莱布尼兹(Leibniz)当然没有去过中国,不过他与在中国的西方学者有很多通信往来。有的学者从一个相当丰富的知识宝库中汲取关于中国的资料,这其中包括我没有涉及的人物,比如韦伯(Max Weber)。韦伯读过很多关于中国的书,却从来没有去过中国。他试图把中国融入到他的有关官僚制度、charisma和资本的体系中去。可以说他把中国重新放到历史中了。不知道这一点有没有人谈过。我对他很感兴趣,他的头脑很活跃,读过的书也多。

问:下面一个问题是关于您书中的"中国的女性观察者"一章。把女性单独提出来的做法使我想到您的书评作者David Henry Hwang的作品《蝴蝶君》,Hwang似乎认为东西文化之间的误解与性别之间的斗争具有一致性。您认为在跨文化的考察中多大程度上需要考虑性别的问题?

答:很难说多大程度。有不同的方式处理性别的问题。其中一种即以观察者的性别为准。这也许过于简单,但你要意识到这段历史直到奥斯汀(Jane Austen)的时代,一直是男性观察东方的历史。传教士、旅游者、外交官、军人都是男的。女人从来没有机会到中国去。当然这并不意味着女人没有写过中国,如果有,据我所知,也不是大范围的。直到新教的教士去中国才开始包括女人,因为新教徒很多是已婚的,可以带妻子同行。性别这个问题比我上面说的要复杂得多。女人写作与男人写作有很大的区别。她们有独特的角度,注意的内容也不同。而且西方女人可以接触到中国女人,这是西方男性所做不到的。既然性别会带来不同的角度,会使人认识到不同的事情,就应该考虑到这个因素。

我在某一章中讲到了十八世纪二十年代的苏格兰人 John Bell。他对中国女人很感兴趣,也许和某个中国女人有过一段情事,起码这个女人的父亲给他提供了机会。这个细节的确引出了(不同种族)的男女性爱和婚姻的问题,我在书中没有探讨这个题目。不过这是可以做下去的。

女人开始到达中国之后,她们对于社会的观察具有独特的尖锐性。她们更易表达自己的感情。因为孩子的原因,有些事情会使她们紧张。整体看来,被中国男人所迫害在她们的写作中不占主要地位。有一位历史学家曾经讲到西方女教士在传教和旅行之中经常会由几个中国男人陪伴,替她搬行李,抬轿子,协助她进行传教的工作。这个细节在性别研究中具有什么意义?有的女性学者曾经指出这一事实表现出传教士对于中国男人的歧视，因为西方的女教士通常是不会与西方男人做伴同行的。这个问题中是否有性别与种族两重因素？我不知道答案应该是什么。整体上说，我不认为有性别暴力的问题。即便在对于义和团的恐惧中，对于强奸的恐惧也不是女人叙述中的主题。对于义和团的恐惧主要是出自基督徒的角度，是男人和女人共同感受到的。义和团运动也是一个很特殊的事件。它同时针对外国人和基督徒，而且是跨越性别界线的。女人和孩子都被杀害，也有义和团的人被西方人杀害的。这是一个很特殊的时期。我在书中讲了孩子的问题，以及女人对于死亡的看法。人群会使得女人很紧张，她们会感到仿佛人群都是具有敌意的。这在早期的传教士，比如十六世纪的葡萄牙传教士的叙述里，也有这种情况。中国的人口给他们造成很大的压力，仿佛他们永远是在人们的注视之下。对于十九世纪的女教士来说，她们更加深切地感到那种注视仿佛是具有敌意的，她们在被注视中感觉到男人所无法感觉到的东西。这也许是女人的软弱性。

问：到了二十世纪，这是否有所改变？比如赛珍珠、项美丽(Emily Hahn)等（都是很强的女人），您在书中并没有讨论这一点。

答：我的确没有讨论项美丽，她是一个很了不起的女人。关于项美丽一个人就可以写一大章。她的确算是个注视者。她在中国男人中自由地选择自己的朋友。她应该能够代表独立的女性。我想在十九世纪不会找到项美丽这样的人物。她是一个很有意思的案例。我也许应该写一写她。她生前和我相识,是一个很了不起的女人。

也许作为过渡期的人物可以选择 Sarah Conger。她也很独立,很有决断力和同情心。她是不主张对义和团报复的。但同时她又为她的女儿所担忧。她不只是母亲、西方人,更是一个聪明人。她给人留下深刻的印象。我在书中讲到的其他女人,比如 Eva Price、Eliza Bridgeman、Jane Edkins 都给人留下很深的印象……我不知道你是否可以说这是东方主义的反面。因为这里是西方人害怕中国人的注视,不是中国人在西方人的注视下丧失人性。我并没有在书中把这个论点发展作理论来阐述,但是我对于西方人的那种软弱很感兴趣。这种软弱也许代表着与东方主义式的批评不同的东西。

问:谢谢您给我们提供这个访谈的机会。我个人认为您的研究对于中国的读者很有意义。

一九九九年一月于纽约

“姓名本来是没有意义的”

《恋爱中的莎士比亚》并没有为好莱坞的悲喜剧模式赋予新的内容，除了让我们在屏幕上见到莎翁本人。

“姓名本来是没有意义的；我们叫作玫瑰的那种花，要是换了个名字，它的香味还是同样的芬芳；罗密欧要是换了别的名字，他的可爱的完美也绝不会有丝毫改变。罗密欧，抛弃你的名字吧：我愿意把我整个的心灵，赔偿你一个身外的空名。”

这段台词是莎士比亚的名剧《罗密欧与朱丽叶》中借女主角之口抒发的对于伊丽莎白时期等级森严的家族制度的鞭挞。罗密欧与朱丽叶的爱情既是不可命名的，也是不需要命名的。英国著名剧作家 Tom Stoppard 与 Marc Norman 合作编写的电影剧本《恋爱中的莎士比亚》(*Shakespeare in Love*)，通过“演义”莎士比亚的生平故事来“演绎”《罗密欧与朱丽叶》，在我看来并没有给这一古典悲剧赋予新的意义，却很有点迎合世纪末的电影市场肤浅而短暂的历史关怀的意味。莎士比亚也是既不可命名也不需命名的。关于他的生平，我们迄今为止所知有限，却丝毫没有妨碍我们欣赏他的作品。的确，莎士比亚那些本来极能讨好伊丽莎白时期的观众的剧作，现在时常被冷落在精英文学的殿堂里。不过我很怀疑这部电影是否能把莎剧重新带给大众。罗密欧与朱丽叶的爱情悲剧早已不乏通俗化的阐释，一年以前创全球票房记录的巨片《泰坦尼克》就是一例。《恋爱中的莎士比亚》并没有为好莱坞的悲喜剧模式赋予新的内容，除了让我们在屏幕上见到莎翁本人。然而，“姓名本来是没有意义的”，莎翁早已深刻地预言道。

《恋爱中的莎士比亚》讲的是默默无闻的莎士比亚与富家千金 Viola de Lesseps 的爱情故事。莎士比亚为不能完成一部题为“罗密欧与海盗的女儿艾瑟儿”的剧本所苦，深深地感到爱情和灵感的源泉均已枯竭。这时酷爱演戏而美丽聪慧的维娥拉女扮男装出现在“玫瑰”剧场，在试演中，她和剧作家如同罗密欧与朱丽叶那样恋爱了。在莎士比亚的戏剧中，舞台和现实生活本来不是对立的，它们之间的距离有各种戏剧程式能够打破。Stoppard套用了这一程式，让维娥拉扮演了双重身份：她既是高不可攀的恋人，又是剧作家的缪斯和知音。她和莎士比亚之间的爱情引发了莎氏的戏剧创造，但只能严格按照莎氏戏剧中的程序发展。于是我们看到《罗密欧与朱丽叶》中那几场著名的阳台戏、床上戏被搬到了维娥拉的卧房里重演，而这段感情最终也仍以悲剧告终。莎氏的语言在意想不到的场景下仿佛在挪用日常生活中的语言。至于有人若问罗密欧/莎士比亚与朱丽叶/维娥拉之间的激情是源于生活还是源于舞台，我想Stoppard一定会让他重新温习莎氏在《暴风雨》中关于“人生即是舞台”的那段名言了。人生是会模仿艺术，通常说这句话会带点儿反讽和荒诞的意味，在Stoppard那儿却没有这层色彩。Stoppard大篇地挪用莎氏戏剧中的情节，换到别的场合只能证明剧作家缺乏想象力，在莎士比亚那里却不无道理。

然而被模拟的艺术却仅仅局限于莎剧中的爱情戏，时刻包围着罗密欧与朱丽叶，把这对年幼无知的恋人逼迫得无路可走，不得不在坟墓里寻求解脱的不可逆转的势力，只是在“玫瑰”剧场的舞台上略带喜剧色彩地表现出来。近年来对于伊丽莎白时期的戏剧活动的研究正好可以用来让导演真实地再造一个“玫瑰”剧场，殊不知这逼真的布景所传达的历史疏离感让我们真切地感到次要的角色都在“做”戏。说到底,维娥拉的命运要比朱丽叶幸福得多,通过莎士比亚的笔,她演化为《第十二夜》中的维娥拉,幸免于船难,在新大陆开始了新的生活。戏是让人长生不老、死而复生的桃园仙境——这可不是莎氏的原意。

爱情戏本来不是 Tom Stoppard 最擅长的故事。他多年来一直被人看成是脱离观众的精英作家。我重看了 Stoppard 创作并执导的电影“Guildenstein and Rosencratz Are Dead”(话剧剧本是六十年代末就写成了的),仍然感到他有力地传达了六十年代末掩盖在理想主义的躁动下那种深深的错位感。Guildenstein 和 Rosencratz 是哈姆雷特的同学,被 Claudius 招来监视哈姆雷特,最后由于哈姆雷特机智地改写了圣谕,他们两个被英国国王处死。在 Stoppard 的电影里,他们俩是鬼使神差地走进丹麦这个疯人院的过客,别人通过死亡的游戏都有利可图,他们俩却只能做看客。但是,正如剧中戏班的头领所说:“坏人悲惨地死,好人不幸地死,这就是悲剧。”看客也不能幸免。死得当然不情愿,不明白,却不得已。这电影令我想起安东尼奥尼的电影《放大》。英俊的摄影师无意中拍到了一起凶杀案。怎么办?这两个电影都是以问号结尾的,让人怀疑有些荒诞已极的题目,比如死亡,是否能恰当地表现出来。

不知道荒诞这个感觉是否是某一时代的特权，总之，今年的大片是几乎没有以此为题的了。我没看那几个战争片。我的一个朋友告诉我看斯皮尔伯格的《拯救大兵瑞恩》(*Saving Private Ryan*)感到“令人震撼”，我怀疑那也不是荒诞的感觉。荒诞来自廉价的、低俗的幽默，不会“令人震撼”的。赏心悦目的爱情戏我也爱看。关键是 Stoppard 在以前的戏里大多是通过解读莎士比亚来表达一种个人主义的关怀，而在这个戏里却没有。如同 Guildenstein 和 Rosencratz 一样，莎士比亚这个角色是 Tom Stoppard 的创造，可是前两个更像真实的人物。莎士比亚是谁？浪漫故事的主角，才华横溢的诗人，美妙语言的创造者，这些加在一起也没有 Guildenstein 和 Rosencratz 那一对活宝有新意，有血有肉。影片中之所以把莎士比亚表现出来，是为了制造使我们感到那美妙的语言仿佛有真正的源泉的幻觉。这幻觉有必要吗？伊丽莎白时期未必重视作者是谁，我们却要求一个声音一定要落实到某个身体上才行。虽然是幻觉，却是我们这个时代对于真实的要求。

同样是商业电影，另一部表现伊丽莎白时期的电影《伊丽莎白》却很可以一看。影片讲的是伊丽莎白女王继位之后逐渐巩固政权的过程。别的不说，印度裔导演克普尔一定对名分在复杂的宫廷权力斗争中的作用深有研究，他的电影起码在一点上很让人信服：电影结尾时，伊丽莎白以脸色惨白的圣母和处女的形象出现，骄傲地宣布她“已经嫁给英格兰为妻”。这一步稳固地确立了她的领袖位置，但是这具有极大象征意义的名分却必须以女人的身体作为代价。朱丽叶是伊丽莎白的反面，她的性爱必须以放弃名字作为条件。

一九九九年三月于纽约

项美丽-上海-邵洵美

潘和文和项美丽一样，很清楚两个人的距离和差异。战争不是消解差异的时候。即便暂时消解了，最终只能是分裂。现实生活中的邵洵美与项美丽并没有共同的命运。

一九三五年项美丽(Emily Hahn)到达上海并结交邵洵美之后,创作了一系列以邵洵美为原型的短篇小说,陆陆续续在《纽约客》(*New Yorker*)上发表,很受读者的喜爱。一九三六年在一封家信中,项美丽把这一系列的小说的创作风格归纳为"thick and fast",是否可以译成"重彩素描"?意思是说她的小说不只是单纯而简约地模拟现实人物,而是把头脑中的对人物、地点、文化的印象一古脑儿搬出来,融会到人物描写之中去。"Thick and fast"大概是描述上海三十年代的社会生活最有效的方式,这种方式使得文学艺术必然地成为社会风俗画,有着西方正统的现代主义艺术的简单的线条，却没有正统的现代主义艺术的形而上学式的思辨。叶浅予的漫画就是最好的例子。

"Thick and fast"不只贴切地表现了项美丽这一时期的创作风格，还更准确地描写了她三十年代后半期在上海的生活方式。Thick 指的是生活的质感，丰富、多层次、厚重；Fast 指的是生活的节奏，忙碌、忙乱，甚至盲目。她的生活不安定，"不安定"这个词有双重意义，在英文里很容易表达，restless 和 insecure。她追求节奏快的生活，有一半是主动的，另一半是不得已，因为内心里感到不安定。项美丽曾在回忆录 *China To Me* 中讲过一个故事，上海某一晨报交际版的一位尽职的编辑，在记录前一天晚上社会名流的活动时越写越多，远远地超过了他的版面，以至于整版被取消。也就是说，上海的生活在多余和废弃之间徘徊。它的容量往往超过于版面的规范，而没有规范的生活是会令人疯狂的。所以，项美丽说上海的光艳有一种阴暗、执着的感觉。她说："Shanghai is for now, for the living me."（上海是为了生活在此时此刻的人设计的。）生活在此时此刻的人自以为忘掉了过去，却免不了仍有噩梦，是过去变了形在心理上的透射。邵洵美是否就是项美丽心中的一个梦？项美丽的回忆录充满了实实在在的生活细节，但也经常反映出对无意识的领域的好奇，这也许是她为什么那么轻易地受邵洵美的影响,吸上了鸦片的原因。后来为了戒毒,她接受一个德国医生的治疗。治疗中需要催眠,项美丽醒来之后就拼命追问医生关于她的内心世界他了解到了什么。医生轻描淡写地说:“你是一个很有意思的人。”“有意思的人”往往活得很不轻松。项美丽传记中写到她曾在夜深人静的时候一个人躲在卧室里哭泣,她在家信中时常流露出意欲改变自己漂泊不定的生活方式的态度,一会儿想到结婚,一会儿想到做生意,在上海开一爿内衣店,专营“真正合身的丝绸内衣”等等。一九三五年项美丽整整三十岁。

这种细腻的孤独感当然不为项美丽社交圈子里的那些外国朋友所知,她的中国朋友,包括邵洵美,也未必清楚;即便了解,也爱莫能助。在公众场合,项美丽是个明朗、独立、不知羞耻的人,thick-skinned,“厚脸皮”。Thick 也有迟钝的意思,我想项美丽有时会故意装傻,全然不把社会规范放在眼里。三十年代上海的外籍侨民与中国人的接触已经相当频繁。一些外国人主持的俱乐部经常邀请中国上流人士一起联欢聚餐。但是这并不意味着种族差异就此取消。差异是九十年代的话语,当时的人未必对之有明确的表述,但是一般人到了陌生的环境总忍不住在心理上画一条线,使差异维持在能够接受的范围之内,这表现了人对于混乱的一种本能的恐惧。而项美丽却时常逾越这条线,并以此为荣。项美丽的文章、书信记录了不少关于种族歧视的故事。最有名的是维克多·沙逊爵士。沙逊是当时大英帝国的首富之一,仪表英俊潇洒,风流韵事不断。项美丽一到上海,立即得到沙逊的注意,沙逊喜欢摄影,曾要求项美丽为他作模特,并不断送给她昂贵的礼物。项美丽受宠若惊,与沙逊的关系很不寻常。项美丽的传记作者认为两人的友谊与他们同有犹太血统有关。沙逊的财富和魅力时常会遭人妒忌,有人背后咒骂他的犹太裔背景。可笑的是,虽然自己有过被人歧视的经历,沙逊却同其他的外国人一样对项美丽与中国人,尤其是与邵洵美的交往过多表示反感。有一次,两个人一起去另一位犹裔难民开的成衣店,店主的名字叫 Gamaling,项美丽把他叫作“美林”。沙逊听到,把拳头重重地捶在桌上,怒吼道:“他叫 Gamaling,你实在变得过分的中国化了。”虽然时有这样的冲突,项美丽仍然感到上海比香港更加开放。香港的华洋界限更为明显,英国人很少与中国人接触,有一次邵洵美偕同项美丽赴港,酒店的客人和侍生对身穿长衫的邵洵美侧目而视。当地西化的中国人在外表上洋派得多,而有传统观念的中国人又绝对不会在酒店里挽着外国女人的手臂穿堂而过的。邵洵美在香港受到冷遇,迁怒于项美丽,斥责她“叛变”。项美丽却依旧故我地继续参加社交活动。

由此可见当年上海上层人士的社交圈子并不像 North-China Daily News(《字林西报》)上刊登的大幅照片中显得那样和睦美满。项美丽喜欢在冲突之中寻找故事,喜欢和人打交道,自然能够生存下去。单身而貌美的女人本来就不乏追求者,项美丽偏偏又是喜欢在性爱上作文章的人。她早在二十出头的时候,就写过一本教男人如何勾引女人的小册子,据说这是本于她自己和几个姐妹的经验。书的内容并没有特殊之处,但作者的口气大胆而尖刻,不时摆出一副对于恋爱之术很有研究的样子,可以看出她对于情爱有一种类似自我陶醉的追求。项美丽到上海之后,成熟了许多,也更加喜欢冒险。她有过很多情人,沙逊、邵洵美只是知名的几个。项美丽有一点像美国画家 John Singer Sargent 笔下的 Madame X。Madame X 本来是美国人,嫁到欧洲,炫耀起自己的魅力比欧洲人还要卖力。中国不是欧洲,项美丽比 Madame X 要平易近人得多,但她的欲望也有一种咄咄逼人之势,并不在乎有没有固定的对象。项美丽喜欢去有身份的女人单独一人不去的地方,比如舞厅和旧货市场。有一次,她突发奇想邀了一个女友一起去一个叫 Frisco 的舞厅体验舞女的生活,当时伴舞的女郎叫 Taxi dancer。项美丽从走进舞厅的那一刻就意识到她和女伴的装束和气质与其他的舞女毫无相同之处。真正的舞女其裙子、腋下、胸前都浸满了汗迹、酒渍，绝对不像电影里拍出来的那样整齐光亮。光顾舞场的水兵、军人也一眼看出她们是冒充的。不过，项美丽还是坚持跳了一晚上，把赚来的舞票分发给被她俩抢了生意的舞女们了事。她更离奇的经历是结识一位妓女 Jean。Jean 会讲日语，与专门做日本人生意的娼家关系很好。通过 Jean，项美丽假装成被中国丈夫抛弃了的王太太结交了 Louise，本来只想了解一下妓女的生活，没想到 Louise 坚持要给项美丽介绍生意，而且穷追不舍，险些不能脱身。再有就是在南京围城之后，为了到南京跳舞、狂欢，项美丽和女伴带着舞衣和舞鞋，冒生命危险，穿过火线。邵洵美和项美丽一样，有着好奇的性格，对怪人怪事有特别的偏好。项美丽染上烟瘾后，邵洵美喜欢拉起她那熏黑的手指向客人炫耀："看，外国女人的手上也有烟渍。"但项美丽我行我素的性格不是为了故意做出怪诞的样子，邵洵美也很难全部理解和接纳。

项美丽虽然在外侨的圈子里是个边缘人物，但这并没有使她要摒弃一个世界到另一个世界去寻求理解。她只是把中国人的世界和外侨的世界复合起来，使她自己的生活的层次多重化。Emily Hahn 和项美丽不是两个截然不同的人，但也不是同一个人。

在一封家信里，项美丽说在上海扎根很难。在大部分文章里，她既没有表现出任何“落叶飘零”的情绪，也没有明显的“本土化”(go native)的欲望。她在一本书里把一生的经历归纳成时间和场所。如果沿承这一比喻，那么她在上海是一个错位。她始终是上海屋檐下的一个过客，融入不融入并不是一件重要的事情。

当时的上海应该像今天的纽约，城市被分割成小小的区域，隔一条街就是完全不同的风景。从一九三五年到一九三七年，项美丽住在江西路三四八-三四九号，这个选择很能反映她的性格。她在回忆录中说，房子里的家具“属于一种特殊的类型”，意指当时的江西路即所谓的红灯区。一间最大的房子连屋顶一起漆成了绿色，三面墙上另覆盖一层金属编成的网罩，花案呈竹叶状，从剥落的油漆可以看出以前是银色的。项美丽搬进来时，发现前任房客因为感到金属网靠上去很不舒服，在靠墙的床上堆了六十几个绣花枕垫。我说不出这种格局和陈设的名堂。但是，不难想象，那映衬着一块块绿色的金属网，那些色彩斑斓的丝枕，在大多数人眼里，是多么低俗，多么过分，多么颓废！项美丽戏称之为“多彩的爱巢”，大概是因为联想起这个房间以前的用途。她不久搬到同一幢楼里比较大一点的单元，才有机会自己装饰房间。

项美丽没有把这个地方当成自己的家。即使她有这个欲望，也没有这个可能。那是因为儒雅的邵洵美偏偏很喜欢这个“爱巢”，主要原因是离市中心近，会朋友方便。邵洵美自己的家在郊外的杨树浦。邵洵美经常在这间房子里会见客人，接待朋友，处理生意和各种家庭纠纷。在一篇文章里，项美丽把一个以邵洵美作原型的人物潘和文(Pan Heh-ven)描写成一个“极不安分”的人，“他一会儿蹿起来四处寻找香烟和火柴，一会儿拿起一本书来读了两页又抛到一边，伴随着他的每个动作，长衫的衣角就窸窸窣窣的响一阵”。电话铃一响，他就跳起来接电话，接着，“就是一长串我完全听不懂的语言”。潘和文有着现代人的能量和传统的生活方式。在项美丽对潘和文一家有更深入的认识后，她说：“如果让潘家的任何一位一个人呆半天，他肯定会吓死的。”潘先生在项美丽的寓所里也许比在自己家里还要随便，当然他有的时候也要应付一下项美丽的那些希望“瞻仰”“真正的中国人”的外国朋友。潘先生有一次开玩笑地对项美丽说：“我留个辫子，你学几句《论语》。你给我作翻译，他们肯定给我们大把大把的钱，然后我们对半分。”项美丽对于这些游客也很嘲讽，她曾写道：“翻译中国古典诗词或热爱传统戏剧或收集玉器的美国人告诉我，我的中国朋友被专栏作家们所谓的西方文明所污染了。所谓西方文明,他们指的是中国以外的任何不翻译古诗、不收集玉器、对古典戏曲没有兴趣的人(的文化)。潘和文实际上根本不在乎外国人说什么。他穿长衫是因为他喜欢这样,他穿英国制造的皮鞋是因为舒服,他拒绝和本国人用英语交谈,但他一点不狭隘。其证据就是他常来看我,跟我讲很多事,我常听了满头雾水,疑惑越来越深。"项美丽的"爱巢"具有多重的象征意义:它既是中国的"橱窗",又是现代的知识分子逃避家庭的避难所,更是项美丽眼中的上海。这座房子有的时候是没有主人的,另一些时候,比如有一阵项美丽决定关门谢客,一个人"偷得半日闲"时,这里又显然是她的私人空间。

项美丽住在这里的几年里,大部分时间是在社交和写作。她曾担任 North-China Daily News 的编辑,替《纽约客》、《天下》写稿,并在美国出版了一部题为"婚外恋"的小说,还有一段时间里在大学教英文,收入不少,足以维持她日常的开支和奢侈的鸦片消费,有的时候,她还可以接济邵洵美。在这座房子里项美丽结交了不少文人。她的回忆录中提到的有温源宁、叶秋原、全增嘏、郁达夫等等。在这里两人筹办了一本中英文对照的杂志,叫作 Vox,只出了三期。失败之后又出了另一本杂志,中、英文一式两份,主要文章相同,但版式和插图都不一样,杂志的名字叫

Candid Comment，中文名字不详。据说很成功。项美丽大概自己也没有意识到，这个“爱巢”实际上是通往上海公共文化空间的中转站。项美丽在上海以外还有英美更为广泛的读者，而邵洵美除了与项美丽合作之外还有其他文化兴趣。项美丽中文有限，邵洵美与中国人交谈必用中文，其他的几位西化的中国知识分子似乎也是一样。也就是说项美丽通过这些知识分子参与了上海的文化生活的一个侧面。而恰恰是这个侧面可以算作当时上海的文化风景线的最独特的现象。这个小小的文化空间是中、英语并行的，有接轨的地方，也有完全不发生关系的地方。邵洵美很少阅读项美丽在《纽约客》上发表的文章，项美丽有没有读过邵洵美那些精致的新诗？总之，在江西路这所房子里发生的交流是多层次的，有的借助于语言和翻译，大多借助于观察和体验，有的时候甚至没有什么交流。

“潘和文”据说是以邵洵美为原型的。项美丽发表在《纽约客》上的小说后来收成一集，就叫《潘先生》。“潘先生”是事实还是虚构并不是最重要的问题，关键在于它所传递的感情。潘先生在西方读者的眼里是个单纯善良，有点儿迂腐，同时充满幽默感的怪人。据说邵洵美曾经半开玩笑地对项美丽抱怨道：“你都把我描写成傻瓜了！”这是因为潘先生的生活环境对于大部分外国读者来说很不熟悉。项美丽描写了许多大家族里的家庭琐事,比如潘家内部的财产纠纷,亲戚之间的勾心斗角,等等,这些内容乍看起来仿佛很怪异,但是有效地解释了潘先生的行为方式。熟悉中国传统生活方式的读者可以从中发现潘先生的温和和有人情味儿的一面。比如,项美丽突然发现放在自己家里的珠宝和现金少了不少,于是恳求潘先生帮忙调查仆人秦连。潘先生先是假装很有经验的样子给项美丽出了很多极其阴险狡诈的点子,教给她怎么设圈套,逼秦连上钩。等到项美丽要求潘先生亲自去实施他的招术时,才发现他根本是纸上谈兵,完全没有做坏事的胆量。最后,潘先生终于答应跟仆人坦率地面谈一次,谈完了不断地惊叹:“这个人的生活经历实在太有意思了。他的笑话比你丢掉的珠宝不知道要值钱多少!”还有一次,上海沦陷之后,潘先生一家被迫搬到租界里的一套小房子里。潘先生不时向项美丽抱怨地方太小,开支太大,当项美丽询问他为什么不能让几十个仆人回家时,他说:“让他们回家?他们不会走的。在中国我的家就是他们的家。在中国不能照你说的那样办。”项美丽只得赶紧闭嘴。

潘先生是一个喜欢炫耀自己的财富的人,尤其是当他的家产在抗战中几乎丧失殆尽的时候。但是,在项美丽笔下,他又因为这个大家庭吃足了苦头。项美丽写道:“战争还没有来,他的家就像他自己一样乱得翻天覆地了。潘家有几十个仆人,都是从小看着和文长大的。他们都很有势力。和文整天生活在对仆人的恐惧之中。”潘先生很骄傲,自尊心很强,也很讲义气,够朋友。有一次,潘先生陪项美丽去旧货市场买古董,他要求卖主看在朋友的份上给个好价钱,结果被人奚落了一番,卖主怎么也不肯相信那个有钱的外国女人是潘先生的朋友。潘先生感到受到了极大的侮辱。这些故事使潘先生成为一个有血有肉的人,项美丽的口吻自始至终略带调侃,稍有夸张,但是她在言语之间不时透露出对于这个人物的关怀和信任。

项美丽和邵洵美的感情在三十年代传闻就不少,项美丽自己却在回忆录中回避了所有感情的细节,把邵洵美作为一个知己和朋友一样对待。直到项美丽的传记出版之后,我们才对他们之间的感情有了进一步的了解。项美丽刚刚到了上海,受一个朋友 Mrs. Fritz-Bernardine 的邀请参加“上海国际艺术俱乐部”主办的晚宴,见到邵洵美,马上被他的容貌和气质所打动,当即接受了他的邀请,到邵洵美在杨树浦的家访问。这在在场的外国人眼里是不可理解的。项美丽和邵洵美的感情发展得很快,也有很多冲突和波折。一九三七年,项美丽在一封家信中说,邵洵美“变得不能自持，甚至于谈到离婚”，要和项美丽结婚。项美丽表示踌躇，在同一封信中写道：“我实在很爱这个傻小子，但（结婚）无异于用水银打弹子（意指太不稳定了）。”可见，一向务实的项美丽对于两个人的差异有比较明确的认识，再加上这时项美丽对于稳定的婚姻生活并没有思想准备。

是战争成全了这对情人。项美丽和邵洵美的爱情在实际上也是一种“倾城之恋”。一九三七年底，日本军队逼到上海城下，有钱的外侨纷纷逃离上海，沙逊开始变卖财产，到上海来的次数越来越少。项美丽日益感到前途暗淡，惶惶不能终日。这时邵洵美夫妇共同商量把项美丽娶进门儿来，这样她可以名正言顺地成为邵家的一员。项美丽明知这个婚姻不会被美国法律认可，她之所以同意，我想与她心理上需要家庭所能提供的安全感有关。邵洵美答应项美丽死后将与邵家合葬，这样万一她在上海发生意外，不会死无葬身之地。这些细节在项美丽自己的回忆录中都没有提到，也许是因为她的回忆录写在离开上海之后不久的几年里，她将自己复杂的感情藏得很深，只说是邵洵美突发奇想才结婚的。

项美丽与邵洵美的婚姻，不全体现了她对于爱情的需要，更加体现了她对于家庭的需要。这一点在《潘先生》中有很明确的表述。项美丽和潘先生的太太佩玉建立了很深的感情。佩玉与项美丽毫无共同之处，她是旧式的中国女人。第一次在项美丽的鼓励之下出门参加社交活动，回来之后，她很为自己能够一个人过马路感到自豪。项美丽对这样的人先是表示无法理解，继而在文章结尾笔锋一转，借潘先生的口写道："'我太太说你最好跟我们一起住。''为什么？'我睁大眼睛，诧异地问道。他似乎对我没有明白他的意思感到很惊讶：'你看，你一个人住，又是单身。我太太很可怜你的处境。'"这个结尾实在很巧妙。的确，对于具有不同的背景、不同的生活态度的女人来说，谁能肯定哪一种是更加美满的生活方式呢？也许恰恰是这种认识使得项美丽这样一个独立的女人能够接受旧式家庭里的一夫多妻式的生活。关于潘先生的孩子，项美丽有时很明确地表达自己的意见。抗战期间，潘家表面上仿佛仍然过着平静的生活，项美丽对此很不理解而且感到压抑。这时只有孩子能够认同她的紧张不安的心情。在一篇文章里，她记述了几个孩子写的话剧脚本，里面充满了暴力、强奸和血腥的细节。借此她不动声色地表现了战争的恐怖，而且表达了对孩子们的成长的关切。

项美丽很善于通过文字化解冲突。但是，有一次，潘和文显然发火了。抗战中很多逃难的家庭都把家藏的古董廉价地变卖。项美丽禁不住这个诱惑，要求和文陪她逛古董市场，和文拉长了脸说："我们整天都忙着卖东西，你倒整天忙着买东西，是不是有点怪？"这证明潘和文和项美丽一样，很清楚两个人的距离和差异。战争不是消解差异的时候，即便暂时消解了，最终只能是分裂。现实生活中的邵洵美与项美丽并没有共同的命运。一九三七年底，项美丽接受了撰写宋家三姐妹传记的任务，戒了毒，往赴重庆。之后两人还不断有书信往来。邵洵美的信有时显得缠绵而感伤。在一封信里，他询问道："一个人怎么能够那么轻易、那么迅速地把另一个人忘掉？"他又说，项美丽心爱的猴子"整日徒然地伸着手（盼望主人），样子显得很迟钝。它因日夜哭喊，已经患有喉疾"。项美丽偶尔也流露出孤独和依恋的情绪，但是，走回头路不是她的性格。况且她不久就与英国的一位军官生了一个女儿，这位军官后来被捕，在日本人的战犯营里饱受折磨。与邵洵美的最后一次见面应该在一九四八年的纽约。据说邵洵美当时已经容貌大改，项美丽的亲戚很难相信这就是当年驰名上海的美男子。这样的结局是可以预期的。有人给《倾城之恋》写了一个续集，主题是失恋和漫游，说的就是这个故事。

一九九九年五月于纽约

米索猫:关于得和失的故事

如果说“得”代表生活中曾经给你意外的惊喜的那一瞬间,那么“失”并非对那一瞬间的否定。因为在那个瞬间和“失”之间,你曾经“有”过。

著名画家巴尔图兹(Balthus)十几岁的时候就显示出不同寻常的绘画天赋,从这里选刊的几幅关于一只叫做“米索”的猫的连环画里就可以充分看出。但是,这几幅画的特殊意义并不完全来自图画本身,也不只关涉到聪慧的少年画家自己;它们的不寻常之处更得力于诗人里尔克和他的序言。“序言”写作于一九二〇年底,这年诗人四十五岁,独自一人隐居在瑞士的伯格城堡,辛勤而痛苦地耕耘着他的诗歌园地。有人说里尔克的诗作自始至终都在描写一个理想中的女性形象;果真如此,如果我们把这个理想追溯到某一个具体的人物、时间和场景,那么这个时期里尔克现实生活中的爱人是一位出生在德国，常年旅居日内瓦的犹太裔画家 Elisabeth Dorothee Klossowska，她正是Balthus的母亲。

里尔克与“美林”（Merline，里尔克在信中给 Klossowska 起的名字）的爱情有着如同普通人的感情一样温馨和世俗的一面。这四十幅图画就充分证明了这一点。里尔克对于巴尔图兹和他的哥哥比尔关怀备至，尽量创造机会开发两个弟兄绘画和写作的天分。是他促成了这些画的出版。“序言”中字里行间传达了里尔克对于巴尔图兹父亲一般的爱护和鼓励。对于“美林”，里尔克时常表现出初恋少年的模样。因为“美林”的缘故，他开始用法语写情书，写诗，写散文。“序言”是他第一篇法文的散文创作。他的诗句充满了夸张的比喻，在献给“美林”的诗集的扉页，他把自己的爱情比作一件金色的盔甲，性感而坚实地维护着情人的身体。他甚至恢复使用了自己的法语名字“Rene”。但是浪漫敏感的“Rene”同时也是主观和固执的日耳曼人“Rainer”。他们的感情有纯粹精神性的完全不现实的一面，这点两个人都很清楚，从一开始就讲明了他们的爱情是“非占有性的”。在伯格城堡里，里尔克得到了他所需要的绝对的孤独。即便在“美林”生病期间，他也不愿离开城堡陪伴在她的身边。她在信里不时流露出对他的期待，希望得到他的许诺，要求他在自己的生活里容纳她。里尔克一面继续创作他的“挽歌”集(多么具有反讽意义的题目!),一面笨拙地转用德文解释自己对于生活和艺术的要求。他说,他不只是一个作家;他是一个先知,孤独地面对着绝对的世界。他要求“美林”“清醒过来,面对真实的我”。对此,“美林”回答道:“晚上,我把你的信紧紧地贴近我灼热的身体,我已分不清它是不是你自己了。”这一回答不只再次表达了她的激情,而且准确地概括了他们的感情中表与实的矛盾。她是“失”定了。十天以后,一九二一年四月,她带着两个孩子离开了瑞士,基本上结束了两个人之间的爱情。

“序言”写在里尔克和“美林”热恋之中。那时里尔克和巴尔图兹、比尔以及他们的母亲共同生活了几个星期。许多生活细节被里尔克编进了巴尔图兹的猫的故事。通过巴尔图兹的画,通过他的猫,里尔克讲解了一个“得”和“失”的道理,显然是讲给自己听的,讲给巴尔图兹的母亲听的。难得成年的诗人仍然能够体会孩子的心情,但是,他免不了只会说他独特的成年人的话。值得注意的是,巴尔图兹的连环画的最后一幅是表现一个失落的孩子近乎任性地要求得到安慰的情景。而里尔克的“序言”却把时间拉长了一年,自信地给予了孩子和读者以安慰的承诺。但是,在我看来,成长只是一个时间的游戏,每一分钟都是重要的。“失”和“有”同样是不可逆转的事实。先知的“给”未必能够完全转化为孩子的“得”。世界不是完好无缺的。

附:里尔克“序言”选择

某一天,我想那年巴尔图兹刚满十岁,他捡到了一只猫。是在德呢恩城堡捡到的,你一定知道那个地方吧。这个浑身发抖的小宝贝被允许留下来了,——你瞧,巴尔图兹旅行都带着它呢!画中有船,巴尔图兹到了米兰,莫拉德,他(抱着猫)坐在电车里。之后,他把他的新伙伴带回家,介绍给家里其他的人;他驯养它,宠着它,像宝贝一样珍惜着它。“米索”脾气好的时候挺听话的,但有的时候它也会做出一些聪明而出其不意的举动,以此打破日复一日单调的家庭生活。他的主人带它出去散步的时候会给它套上一条链子。你也许觉得这有点过分,其实谁知道这个令人疑惑而喜欢冒险的可爱的小东西又在动什么心眼儿呢?它的主人对此总是格外警惕。实际上,这警惕全无必要。那天搬家,——搬家的时候免不得出点儿乱子——这活泼的小东西居然毫不费劲地适应了新的环境。然而,突然的,有一天,它不见了。整个房子都被惊动了。还好,感谢上帝,这是一场虚惊。米索在屋外的草坪上被发现,巴尔图兹非但没有训斥这个小叛徒,还把它安放在那让人舒服的暖气片上,给它暖身子。你一定像我一样能够感到那惊慌之后的宁静而完美的气氛吧!但是,好景不长。圣诞节来临时,空气中充满了无穷无尽的诱惑,那么多蛋糕随便吃,没有人数数儿。小主人有时也会生病,要想恢复,必须卧床休息。你总是在睡觉,米索免不了感到寂寞,可它居然不叫醒你,一个人跑掉了!整个世界天翻地覆地乱了!巴尔图兹幸而这时已经恢复了不少,可以出门寻找逃犯了。他先爬到床底下,一无所获;地窖里漆黑一片,他举着一根蜡烛,一个人下去找,多么勇敢!从此时起,蜡烛变成了他的搜索的象征,他走到哪儿都举着一支蜡烛,无论是在花园里还是在马路上,然而终究一无所获。你看他那孤零零的身影!是谁抛弃了他?是一只猫!父亲新近为米索作的画像是否能给他带来安慰?一点也不!那画像似乎预示着什么,那是一个凶兆,上帝一定知道这失落是早就安排好的了。现在毫无疑问,它降临了。他回到房子里,哭了,两只手指着脸上的泪,对我们说:好好看着!这就是故事的全部。画家比我讲得好。我能说的还有什么?很少。

得而复失：什么是“失”？如果说“得”是代表生活中曾经给你意外的惊喜的那一瞬间，那么“失”并非是对那一瞬间的否定。因为在那个瞬间和“失”之间，你曾经“有”过，虽然“占有”这个词听起来十分刺耳。

“失”无论多么残酷，都无法取代“有”；它可以使“有”终止；但是它终于证实了“有”这个事实。因为“失”就是“复得”，内在化了的，更加强烈的“得”。

巴尔图兹，你当然懂得这个道理。正因为你无法再见米索，你才努力把它描绘得更清晰。

它还活着吗？它活在你的心里。这只小猫的天真烂漫的游戏曾一度让你快乐，现在它仍然追随着。你的深切的感伤就是在履行你的职责。

这样，一年后，我发现你在长高了，心情平复了。

不过，读者当然只会看到你在书的结尾时那泪流满面的样子。为了他们，我在“序言”开头时做了那些拉拉杂杂的交代，只是为了说，“不必忧虑：我存在着。巴尔图兹存在着。世界仍然是完好无损的，虽然猫没有了。”

一九九九年八月于纽约

纽约单身女人的情感教育

聪明和伟大的爱情原来是不可兼得的东西，这个陈词滥调的道理，本来以为九十年代已经没有人愿意去讲。然而，今年夏天邦克的小说集《少女渔猎手册》格外走红，还没有写完就被好莱坞的名牌导演看上了，可见邦克是深谙都市言情文学之道的。

简(Jane)是一位在中产阶层的家庭长大、受过良好教育的单身女人。她在纽约做事,在出版社做过助理编辑,在广告公司做过职员,偶尔被炒鱿鱼时就做一些这样那样的临时工。她是个聪明、爱读书、爱讲笑话的女人。她对于书,对于生活,对于男人有一种与生俱来的怀疑的态度,讲起他们的时候总免不了带一点调侃的锋芒。不过只是锋芒,并不构成所谓的“批判”。简是不会进行什么“批判”的。一来,她具有都市人特有的彻底的游戏性格;二来,她具有这个时代的年轻人特有的怀疑一切的精神。在她眼里本来就没有什么值得大写的神圣的东西,不管是爱情还是什么别的。没有理想的人怎么会“批判”呢?然而锋芒是不能不有的。锋芒是个性,没有个性的人多么不可爱!简不只深深了解这个道理,而且很会恰到好处地表现她的锋芒,从不伤着别人的感情,也不会让人下不来台。简是个聪明人。

简是莫里萨·邦克(Melissa Bank)的畅销小说《少女渔猎手册》(*The Girls' Guide to Hunting and Fishing*)里的主人公。这是一系列似有联系的短篇,概括起来,可以看成简的“情感教育”。“情感教育”这四个充满了十九世纪欧洲上流社会意味的字眼,用在简的身上,不可避免地要庸俗化、大众化。也许这正是邦克的意图。让我们来看一看简的“情感教育”中的两个片段。

年轻时的简像一个不经世事的女学生,曼哈顿是她的学校,她的独自生活在曼哈顿的以写作为生的姑姑是她的启蒙老师。跟着姑姑去看戏,简好奇地看着这个假惺惺的喜欢附庸风雅的世界,看那些穿着有细细带子的迷你裙的女人,她们那晒得黑黑的健康的手臂,还有极会讨女人喜欢的男人。其中有一个人,艾奇,特别引起简的注意。听姑姑描写艾奇,仿佛是在讲述上一代的人:喜欢酗酒,喜欢拳击,喜欢女人,喜欢简洁的直截了当的表达方式,像海明威,也像菲茨杰拉德。艾奇是个编辑,在姑姑的眼里,他是个过于喜欢抛头露面的编辑。简很快发现,他是一个不只喜欢编辑书稿，而且喜欢编辑人生这本大书的编辑，尤其是简的人生。但是，简还是爱上了他。

“我生日那天”，简告诉我们，“艾奇送给我他写的小说，他说是处女作，也是他唯一的一本书。这书大概起码和我的年纪一样大，讲的是一个男孩子和他的母亲在内布拉斯加的生活经历。我坐在我那小房间的床上一下子就读完了。读完了之后，打电话给好朋友苏菲。”

她说：“即便他是海明威，我也会不顾一切地爱上他。”

“你是指他的酗酒的习惯，还是说他比我年龄大一倍？”

她提醒我艾奇大我超过一倍，继而说，“我是说他高高在上的气质。”

六十年代以后长大的女人，看海明威式的英雄总觉得他们不真实，甚至有点像独断专行的权威形象。她们不是不尊重历史，而是不愿意仅仅在历史里面扮演一个角色，硬要把历史纳入自己的生活，使历史成为自己的故事。对于有的人来说，这是一种自我中心，但是这种自我中心就是简的时代感，她的自我意识。这时对于艾奇，简不可避免地扮演了一个女学生的角色。简的性格的确有点像女学生，有着女学生一样的聪明和好奇心，也有着女学生一样的软弱和没有经验。她的好奇心使那从她眼里透视出来的世界丰富而有趣；而同样是好奇心使她轻易地迷恋上书中的幻象以及身边与自己的生活经历完全不同的长者。在男人眼里，这个时候的简仿佛是一份次序颠倒的手稿，每个男人都迫不及待地充当编辑的角色。“他站在我身后，读我正在编辑的手稿。时常抢过我手中的铅笔，划去一句话，或者一整页。‘行了’，他说。统共三十秒钟，而他的改动总是对的。”可笑的是，简自己的工作就是编辑，更是她自己的编辑。她这部手稿看似零乱，实际上是有它内在的逻辑的。

讲到这段经历的时候，简的语言是生动的，有弹性的，带着她这一代的年轻人特有的不拘一格的锋芒，以及她与生俱来的敏感和聪明。比如她说：

“他一句也没有提我降职的事，只是给我解释我的职位在新建的H出版社的意义和那里复杂的人际关系。这些我过去想都没想过。”

“我早该知道这些事。”我说。

“人都是从头学起的。”

我说："我觉得我像是海伦·凯勒，而你是安尼·沙立文。"

"海伦"，他温柔地叫我。

我假装不会说话，用手语说："是你教给我怎么读书的。"

他粗犷地笑了起来。我也笑了，故意压低了声音，让他的笑声回荡在我的耳边。

简和艾奇的感情经历，等于她着着实实地拥抱了一下超越自己、超越此时此刻甚至于超越生命的东西，最后发现成长是没有办法加速的，原来最爱的还是自己。那感觉是惨痛的，但却是真实的。最终的结局只可能是悲剧，因为时间的距离是没有办法弥补的，但是，简的态度却很豁达，很自信，仿佛在说，虽然是一个美丽而破碎的梦，却是她自己的故事，这一点很使人感动。

然而，长大了之后她似乎对于自己的聪明愈发得意起来了。时常为了炫耀自己的聪明而制造一些事端，目的就在于反映她的个性，创造明星效应。她的故事越来越让人有似曾相识的熟悉感，她的感情结构似乎也越来越落俗套了。这个时候的她对于爱情已经有了足够的经验，她知道那根本就是成年人的游戏，角逐的是智力和聪明。这个游戏她一直玩得很放松，因为一向对自己的聪明十分自信。直到在好朋友的婚礼上巧遇同样聪明而自信的罗伯特之后,她突然动了心,变得神经过敏了。罗伯特身边站着的每一个女人,罗伯特言谈话语中提到的每一个听起来像是女人的名字,都刺激着简的神经末梢。她特别关心起游戏的得失了。

周围的单身女友一个说恋爱如同狩猎,男人是天生的猎手。猎物越是凶猛,猎手越是过瘾。另一个说自己交友之所以屡屡失败,正如同捕鱼的人和鱼在一个池塘里面游泳,美感快感是有,鱼却是肯定捕不到的。狩猎,捕鱼,虽然仍是游戏,却有生命的代价。简本来没有把恋爱当成那么严重的一件事。听朋友这样一说,她觉得有必要寻求一些脚踏实地的、直言不讳的教导了。简于是决定亲身履行一下某一本《恋爱手册》上的教诫。

邦克的这个短篇其用意显然是"反手册"的,是要和"手册"、"傻瓜"一类的实用书开一个小小的玩笑。但是在我看来,这个玩笑似乎太过容易了些。哪一个真实的女人的生活和感情不比"手册"里的丰富复杂?哪个女人会在恋爱的关键时刻按照书里的模式安排自己的生活呢?像简这样聪明的女人竟然听《恋爱手册》的摆布,这完全不可信。而简最终对于她手里的那本《恋爱手册》的反叛也实在没有必要。然而正是这近乎荒诞的故事道出了一个陈旧而复杂的道理，那就是女人只有掩盖自己的锋芒，才有可能得到爱情，聪明的女人尤其要这样。越是流行文学，里面的赤裸裸的感情越是会经过文化被百般勾勒出来。

邦克巧妙地选了一段某一本《恋爱手册》上面的话作为开场白：

> 和心爱的男人在一起时，要做出文静而略带神秘的淑女状。最好是搭腿而坐，面部应始终保持微笑，讲话以少为宜。若着略微透明的黑丝袜，并掀起裙边的一角，则异性必为之倾倒！这些话你也许不愿意听，因为你认为它们压抑你的天性。但是，别忘了，男人喜欢的就是这样的女人！

任何有头脑的读者都会问，这样的女性形象如果五十年代还有人买帐的话，九十年代末还有谁会信？奇怪的是这种"手册"向你灌输的道理从来不顾及时代感，对九十年代的女人也同样是什么"第一次约会时不能抢先说'我爱你'"，什么"不要过早地谈到结婚，否则男人会被吓跑的"，最离谱的是"不能过早地同意上床，否则会减少你的神秘感"。性既然早已在大众文化里赤裸裸地表现出来，女人为什么要去承担这个维护女性的"神秘感"

的责任呢？

简也是极其看不起这种“手册”的。但是，这个时候她心甘情愿地压抑自己，是为了爱情，还是因为她本来对什么都不在乎？简甚至于把“手册”的两个作者想象成中学时代的好友，那些长得漂亮，天生一副热心肠的女伴，也许还是学校运动队的拉拉队员，在她们身上洋溢着那种愿天下有情人均成眷属的热情。然而，熟悉简的人都知道少年时的简不是一个典型的中学少女，她不怎么漂亮，不大乖巧，性格过于忧郁，生活态度不大积极。她对于这两位作者的依赖难道不等于对自己的背叛？

我们挂上电话后，我走到镜前，贝尼递给我一支口红，菲斯坐在浴缸的边缘上，伸手拿起一块砂板，打磨着指甲。过了一会儿，停下来对我说：“现在可是狩猎的关键时刻。”

“这儿是纽约”，我说，“狩猎是非法的。”

“你不要自以为聪明！”贝尼说，“这只不过是个比喻。”

“我不要打猎，也不要捕鱼了。”

菲斯说：“也就是说要回归自我了。”

贝尼说：“那可不行。”一面说一面皱着眉，脸上的雀斑格外明显。

“当然!”

“简,你肯定会失去他的。”

“不会。”

“肯定!”

“那就让我以我自己的方式失去他吧。”

“你倒是挺有志气的。”

我闭上眼睛,说:“你们都出去吧。”

菲斯说:“实际上,我们早不在你的心里了。”我再睁开眼时,她们果然不见了,洗手间里空荡荡的,安静极了。我突然意识到,没有人能帮我了。

这一段是简的自述,显然是流行小说中女主人公的口吻。那坐在简的洗手间里与她窃窃私语的女伴,不是别人,正是简手上的那本《恋爱手册》上的女作家。读了人家的书,就等于请作者登堂入室,参与自己的生活,这里透着简的大方,随和;但却有不少做作的成分,这两个人是成事不足、败事有余的坏蛋,简怎么可以把她们当作知心知底的好朋友呢?她竟然把自己看成是这两个人的“姐妹”,就是题目中的那个字:girls。“姐妹”们走了,她竟然有点感伤。她是真的眷恋自己的不大美好的少女时代,还是故意掩盖自己的个性，把自己塑造成一个“女人”？简在讲述这个经历时的态度始终令人怀疑：她到底是软弱的，还是坚强的呢？她到底有没有成长？

从简年轻时候的故事可以看出，她的聪明是那种迂回的，巧妙的，非对抗性的。然而这个时候，她似乎故意要炫耀这份聪明，反而自落窠臼。这在她对于书的态度中可以看出。她是那种轻轻易易地让一本书走进她的生活的人，无论是经典名著，流行小说，还是实用书籍，对她来说似乎都有意思，都有同样的影响。她不是分不清它们之间的区别，她也承认买那本《恋爱手册》时偷偷摸摸的仿佛在给自己买什么性爱用品，但是她极希望把自己塑造成一个绝对开明的读书人，极希望表现出任何书对她来说都不是神圣不可侵犯的样子。比如，她很巧妙地利用贝尼和菲斯损了一下西蒙·波伏娃的女性主义经典《第二性》，以此来证明女性主义，如同性别歧视一样，对她都已过时。看到简试图通过《第二性》来抵制《恋爱手册》的腐蚀，菲斯说：

“你有没有读过波伏娃写给萨特的信，肉麻极了。”

我不理她。

她继续说：“你知道西蒙终究没有成为萨特夫人。”

我说："得了！我并不想结婚。我只希望能和罗伯特朝夕相处。"

菲斯说："你和西蒙一样肉麻！"

书，对简来说最终还有实际的作用，那就是衡量男人的标尺。在简和罗伯特第一次见面时，有这样一段对话：

"广告业使我的智商下降。每天晚上，我都得做点益智的活动。"

"什么样的活动？"

我告诉他，我不再看电视了，而是开始读古典小说。

"哪些小说？"

"先读了 *Middlemarch*。"

他笑了，"你的口气仿佛在说，'你肯定没听说过这本书。'"

我们继续谈书。我又说我最爱读《安娜·卡列尼娜》，他听了脸上现出垂涎欲滴的神情，仿佛别的男人听到女朋友说"我没穿内裤"一模一样。

我说："读书的最大的好处是你可以永远读下去，反正每一页都写得好。”他微笑着，带着严肃的神情，我知道他听出了我自嘲的口吻。

简的这段叙述不动声色地讽刺了一下大部分男人的肤浅和庸俗，仍然有她年轻时候的锋芒。但是这个锋芒更像是一个女人的独白，简和罗伯特之间的感情平淡得很，远远比不上与艾奇的丰富。是罗伯特的机智终究比不上艾奇呢，还是简不该失去让男人的笑声压过自己的能力？怎么说，简的结局都不大令人满意。好像在告诉我们，聪明和伟大的爱情原来是不可兼得的东西，这个陈词滥调的道理，本来以为九十年代已经没有人愿意去讲。然而，邦克的这一个短篇格外走红，还没有写完就被好莱坞的名牌导演看上了，可见邦克是深谙都市言情文学之道的。

一九九九年八月于纽约

“沙漠的人”是不是只有一张脸

《阿里与尼诺的故事》的作者有着扑朔迷离的身份，如同戴了面纱的穆斯林女人的脸，有一半是自我创造，另一半是时间和历史的规定。

也许世界上只有两种人:沙漠的人和森林的人。东方人的宁静的快乐来源于沙漠,因为那里只有灼热的风沙令人陶醉,那个世界简单,丝毫不令人困惑。相反,森林充满了问题。沙漠从不提问,从不主动给予,从不轻易做出承诺。而森林却给人以火一样的性情。沙漠的人在我看来只有一张脸,只懂得一种真理,并满足于拥有一种真理。森林的人却有很多张脸。沙漠中容易产生狂热的信徒,而森林却能够造就真正具有创见的人。也许这就是东西方的主要区别。

这段话出自一位格鲁吉亚的贵族之口,是针对穆斯林的富商之子 Ali Khan 而言的。时间是二十世纪一十年代的巴库，一个穆斯林、格鲁吉亚、犹太、亚美尼亚、俄罗斯多民族聚居的地方。巴库产油，所以书里的人物除了出身于世袭的贵族家庭，都还仍旧富有。这部小说以它的男女主角命名——《阿里与尼诺的故事》，讲的是穆斯林的阿里和信仰基督教的尼诺的爱情故事。原书以德文写成，一九三七年在维也纳出版，七十年代被译成英文在美国出版，几个月前被兰登书屋重印。

这部小说很重视面孔这一意象。比如阿里对于戴面纱的穆斯林女人和不戴面纱的西方女人作过如下的比较："说来也怪，你看不见面纱后面的女人，却感到你对她的性情、思想、习惯十分了解，面纱遮得住她的眼睛、鼻子、嘴巴，却遮不住她的灵魂。不戴面纱的女人就不一样。你看得见她们的眼睛、鼻子、嘴巴，甚至更多、更多的部分，但是，你永远读不懂那双眼睛背后的思想，即便你觉得已经对她很了解了。我爱尼诺，但是她令我困惑。"

面纱是一张文化的脸，戴面纱的女人和不戴面纱的女人就是不一样。穆斯林的阿里选择了不戴面纱的尼诺，令他困惑的尼诺。他选择的是困惑，宁愿令人困惑，仿佛给自己戴上了面纱，这张面纱在问：阿里算不算真正的"沙漠的人"？"沙漠的人"是不是只有一张脸？

扑朔迷离的作者身份

正如这部小说的作者扑朔迷离的身份,是戴了面纱的穆斯林女人的脸,有一半是自我创造,另一半是时间和历史的规定。

小说出版时的署名作者科本·萨义德(Kurban Said),实际上就是艾萨德(Essad Bey)的化名。艾萨德二十四岁在德国出版第一本书,题为"东方的血与油",之后平均每十个月出版一本书,虽然都是历史政治类著作,包括列宁和沙皇传记,却洋洋洒洒,据说很有《一千零一夜》之风。艾萨德是典型的阿拉伯人的名字,但是现实生活中的作者却不是穆斯林,而是出生并成长于巴库的犹太人列夫·尼森博姆(Lev Nissimbaum)。犹太人的后裔怎么改信伊斯兰教了呢?原来一九一九年列夫随着父亲亚伯拉罕在红军到来之前逃离巴库,历尽千辛万苦穿过高加索,途经伊斯坦布尔、罗马、巴黎,终于在一九二一年在柏林定居下来。在逃亡的途中,父子俩在伊斯坦布尔滞留数日,小列夫对于伊斯兰文化发生浓厚的兴趣,终于由当地的穆斯林毛拉主持仪式确认,让他改信伊斯兰教,并改其名为Essad。现居巴库的在沙皇时代靠石油起家的巨富家族的后裔,还记得小列夫,并拿得出照片为证。照片里的男孩耳朵大大的,脸圆圆的,一副不可一世的样子。

中学他上的是柏林的俄语学校，同学们都叫他艾萨德，虽然在护照和其他证件上他仍然保留犹太名字。他似乎是个书呆子，尤其喜欢钻研中亚文化，应该算一个犹太裔的“东方学研究者”（是否就是“东方主义者”再论）。随着对中亚文化日益深入的了解，列夫心底里越来越觉得自己就是穆斯林，他虽然身在德国，高加索口音非但没有减少，而且越发强烈。他的俄国同学们对此颇不以为然，经常嘲笑他，故意引他发脾气，逼着他拔刀维护自己的尊严，更加证实了普通人对于高加索人的偏见，比如他们喜欢复仇，有着火爆的脾气等等。艾萨德的少年时代可见很不平静，成年之后，他倒是没有疏远这些流亡的白俄，相反结交了不少有名的白俄知识分子。

其实艾萨德真实的种族和原本的信仰在一定意义上并不是十分重要的。处于东西交界的高加索在历史上就是一个“多种语言，多种神话”的地方。古希腊神话里窃火的普罗米修斯被缚在高加索某一处的山岩上，著名的金羊毛的故事发生在黑海沿岸，通巫术的复仇女神美狄亚就来自那个地方。最近重温了意大利导演帕索里尼的《美狄亚》，由歌剧巨星卡拉斯主演的美狄亚那庄严和尊贵的气质使人震撼。她的疯狂不是一般的疯狂，是个流浪的无家可归的女人的疯狂。高加索应该是很多流浪的人的家。经过了罗马人、波斯人、阿拉伯人、土耳其人、俄罗斯人不断的征服,高加索想必到处都是历史,不是某一个民族的历史,而是世界的历史。

艾萨德是来自高加索的世界公民。不能说从尼森博姆到艾萨德的转变在高加索当地是无足轻重的,但是他最出名的著作描写的都是他熟悉不过的高加索和巴库,那里毕竟是他出生和成长的地方。至今巴库当地的知识分子仍然十分推崇《阿里与尼诺》这部小说,甚至能够把书中的许多场景与现存的市区建筑一一对号入座。今天巴库西式酒店的书店里仍有出售艾萨德的作品,但封皮上的作者介绍中却坚持说艾萨德本来是巴库长大的穆斯林,二十年代移居柏林并改信犹太教。二十年代在柏林改信犹太教的人应该不多。当地的出版社为何作此解释,这部小说为什么至今仍在当地流行,这些都是复杂的问题。但是仅从本文来看,作者对于地点、氛围、历史的深入了解一定是非在巴库长大的人所不能及的。

但是在远离巴库的地方,种族和信仰却成了大问题。一九二〇年到一九三〇年间,寄居在德国来自高加索一带的格鲁吉亚、波斯及土耳其裔的移民中,曾有人联络共同签署了一封公开信,要求第三帝国的政府官员控制艾萨德的出版物。他们中间有很多人是穆斯林。他们一致证明“艾萨德是假冒的东方人,他的本名不是 Essad Bey”。更关键的是他们向外交部提出这个人的作品“有损德国在东方的形象”。即便没有这封信,德国书评家早已有意揭露艾萨德背后的“真实”的作者。一位书评作家曾经指出:“自称为艾萨德的作者假冒巴库的石油大亨之子,实不过是一个于一九〇五年在基辅出生的犹太人之子而已。”纳粹宣传部对于艾萨德的意见一直无法统一,以至于拖到一九三五年才最后决定在德国禁止出版艾萨德的作品。遭禁之后,艾萨德逃往维也纳,在那里和很多流亡的犹太裔作家混在一起,之后对于艾萨德的真实身份的围剿继续发展。一九三七年一名盖世太保的密探曾秘密写信提醒他在罗马的上司,“某一艾萨德的出版物曾在德国被禁。其人后改名为 Leo Nussimoaum。此人试图将其作品偷运进奥地利,终被发现”等等。可笑的是,虽然打着“真实”的旗号,纳粹对作者的真实身份都没有完全搞清楚。艾萨德不是在基辅出生的,也没有“改名”为尼森博姆。他的确对外声称他的父亲出身于穆斯林的王族,且他在柏林也确确实实是和一位犹太裔的商人亚伯拉罕·尼森博姆共寓一所。

如果不是这场劫难,个人生活中的矛盾本不成其为历史问题，何况这个矛盾有一半是自己制造出来的。起码从艾萨德的角度来说，他应该算得上一个极端个人主义者。到了维也纳之后，当地的出版商由于犹太作家的作品在德国的市场越来越小，已经不大愿意接受他们的作品。艾萨德没有停止写作，他选择了更深地掩盖自己的身份。

于是出现了科本·萨义德这一笔名。在出版合同上写明此乃男爵夫人艾尔富莱德·恩瑞福尔(Elfriede Ehrenfels)的笔名。Elfriede Ehrenfels又是谁？原来男爵夫妇二人和男爵夫人的弟兄夫妇十分热爱东方文化，经常在一起钻研。这大概是因为艾尔富莱德的兄弟在第一次世界大战中多次身受重伤，多次濒临死亡，战后便开始笃信东方神秘主义，并影响了自己的妻子、姐妹及其夫婿。艾萨德和这个家庭结下友谊原不为怪，但是艾萨德和艾尔富莱德之间很可能不是一般的友谊。三十年代末，艾尔富莱德和夫君离异，却和艾萨德过从甚密。艾萨德在通信中曾称艾尔富莱德为Mrs Kurban Said，一些财政上的事务均委托这位女人帮他处理，但是每次提到Kurban Said本人，他却以第三人称相称，证明他并无意以夫君自居。Kurban Said显然是应变时候的一个特殊的身份，合同上写了男爵夫人的名字很可能是对付当局的一种手段，但是男爵夫妇，特别是男爵夫人，有否参与写作呢？甚至还有人说男爵夫人干脆就是《阿里与尼诺》的真正的作者，因为艾尔富莱德本人也是个有着丰富的精神世界的书呆子兼怪人。她与丈夫分手之后，躲在乡下的城堡里钻研柏拉图，痴迷到茶饭不思的地步。她的卧室里鼠穴泛滥，厨房里到处散乱着她的笔记，不管怎样，她和男爵的出现，使得艾萨德又有了新的角色。这个名字被赋予新的意义。

艾萨德在政治上崇拜贵族君主制，反对民主，加上对苏俄的仇恨，他很可能对纳粹政府抱有轻信和幻想。直至一九三七年，艾萨德还通过各方面疏通关系，试图接近墨索里尼，要求为他立传。他曾几次被意大利拒绝签证，最后还是辗转北非来到意大利。意大利等待他的只有秘密警察。但是盖世太保为了等待对于他的犹太身份的最后证实，拖延了时间，使他在罗马从跟踪的人眼皮底下溜走了。

其后的几年艾萨德被困在意大利的海滨城市波斯塔诺(Positano)。一九三八年他曾写信给一位作墨索里尼的幕僚的朋友，希望他能代为寻找一个有地位的人类学家，为自己出具一张三代以上的纯雅利安血统的证明。他是在自我欺骗还是急于蒙混过关？他有什么理由觉得自己还能够混过这一关呢？总之二战前夕的意大利是不可能允许他那种具有浪漫色彩的个人塑造的。在强大的精神压力下,他的身体似乎也做出反应。在意大利期间,他得了一种血液病,或许是癌。他的脚趾一个接一个地溃烂,医生不得不一个接一个地将它们锯掉。同楼的邻居还记得医生进出大门时的情形,和伴随而来的野兽般的嚎叫。

最后几年里艾萨德经常生活在吗啡和其他镇痛剂之中。但他还是写完了满满六本笔记本,试图完成这最后一部小说,题为“一个从未尝过爱的滋味的男人”,至今没有出版。小说的第一句话为:“痛苦的力量大于生命,大于死亡、爱情、信仰和责任。”他的信仰是什么?他的责任在哪儿?没有全文我们很难说。但是小说在结尾处讲述了一个与作者同样热爱中亚文化的年轻学者的故事。这位忘年交在失踪了很长一段时间之后突然从麦加寄来了一张明信片,其中详尽地描述了自己能在东方成为一位“东方学专家”的喜悦心情。他说他的生活里充满了宁静和友爱,他终于觉得自己是“真实”的了。对此作者感叹道,“夫复何言”。

艾萨德被困意大利期间,他滞留在维也纳的父亲被送往集中营。六本笔记本中萨义德多次记录到与父亲失去联系,但他有意回避了这个很明显的解释。

在东西方交界处写成的传奇

即便在非虚构的作品里，艾萨德也喜欢描述“乌有乡”的景象。比如他在一本题为“高加索的十二个秘密”的畅销书中提到一个被他称为“高加索的瑞士”的政治中立国。他说这个地方坐落于山谷之中，四周为高大的山岩环绕，峭壁上悬有一绳深入谷底，古来只有亡命徒才肯把自己的性命寄托在这根绳索上。然而这种人一旦进入谷底，马上就被接纳为己，以往乖戾的命运完全可以抛在脑后，从此便可过平静的生活。这个故事太生动了，不可能不是一个寓言，然而美国报纸的编辑先生却费了好大气力非要在地图上找到这个叫“Khevsuria”的地方，失望之余，还愤而写信给作者责令他下次必须提供更为详细的地理信息。艾萨德很会推波助澜。他反复在地理杂志上发表文章介绍这个地方，不断“满足”读者们对于“真实性”的需要。

《阿里与尼诺的故事》是不是意在创造一个心灵上的“乌有乡”呢？它是一部历史地理和现代移民的故事。小说中的男女主角游历过不少地方，包括尼诺的故乡——格鲁吉亚的 Tlftts，一个有着令人回肠荡气的史诗的地方；还有阿里的故乡——古老的波斯，一个在战争时期尤其令人留连忘返的世外桃源。但是这些家庭和民族的历史遗迹不管怎样也比不上阿里和尼诺个人的历史的发源地——巴库的那个濒临破败的花园。中世纪遗留下来的宫墙环绕着一个早就干涸的水池，按照市政厅的意思是要蓄水造湖，饲养天鹅的。水在巴库是珍贵的东西，天鹅又非本地所有，最后只能留下干涸的水池像失明的眸子死死地盯着蓝天。这个并不宜人的花园正是男女主角的幽会场所，是在他们潜意识里一次又一次呈现的“最初之地”。很多巴库人是应了现代化经济要求迁移而至的移民，老的一代还可以回归波斯，回归格鲁吉亚，新的一代却只能命中注定地把巴库作为自己的家，虽然从一开始这已经是一块心理上的“失地”。巴库代表着年轻人的新鲜的痛苦，是现代人的城邦，所以最后才会有阿里为新生的阿塞拜疆共和国奋战而死的结局。这不只是一个现代人的爱情故事，更是一个现代国家的寓言。如果阿里不是穆斯林，列夫·尼森博姆没有改名为艾萨德，故事的结局是否还会一样？这个问题需要深入研究，但是萨义德对于高加索、巴库的留恋是溢于言表的。

小说描写的是第一次世界大战时期那些腥风血雨的日子。据萨义德最后一部未完成的书稿记载，那时巴库的死者无以数计，可以车载。但是小说并没有多少血腥的描写，相反却以其丰富而谐谑的奇想世界见长。这种奇想仿佛是故意把现实生活拉长扯大,让琐碎的现代人的生活硬生生地传达一种古典的象征意义。比如书中某一段描写阿里的情人尼诺被诡诈的亚美尼亚人拐跑,阿里偷来了全世界仅有的十二匹金色的神驹中的一匹,沿着坎坷的土路追了下去。一路跑着,阿里一路在想:“这匹神马飞奔着,快点儿!再快点儿!阿里,等你抓到他们再发泄你的愤怒吧!这是一条狭窄的小路,通往 Mardakjany,我突然大笑了起来。我们在亚洲这一块落后的蛮荒地上生活原来是多么大的好事!这里没有能供西式小轿车飞跑的平坦的大道,只有颠簸的小径正好给加络巴的好马驰骋。道边西瓜田里的西瓜仿佛是一张张笑脸,在对我说,‘路不好,不是给英国车造的,对加络巴的快马可正合适’……”最后,阿里当然追上了那个坏蛋,本来可以一枪结束他的性命,他却偏偏选择了他从未实践过的飞刀术,若问他是在哪儿学的飞刀,他答道:“从来没学过。这本领流在我的血液里,是从我那强悍的祖先那里继承下来的。我天生就知道如何在空中用刀子划出一道美丽的弧线。”

神得简直像香港的武打电影!更令我想起近年来蓬蓬勃勃发展起来的伊朗电影。几乎每一部伊朗电影都具有这部小说类似的传奇色彩。比如伊朗电影界“教父”马克玛博夫(Mahkmalbaf)的一部影片，是描写了一位穷极潦倒的自行车赛手为生计所迫不得不参与了一场荒唐的赌博，他必须要在广场里连续骑车几天几夜。另一位导演克里思塔米(Kiarostami)描写了一个到处找人把自己活埋的知识分子。阿里就像这位自行车手和知识分子，绝对英雄主义，绝对浪漫，绝对荒诞。但是更大的巧合在于阿里在追赶情人的路上所思考的问题，恰恰是几乎每一个导演都不可回避而要关注的问题——传统与现代化。公路、汽车、建筑工地、小学校等具有典型的现代化意义的场景可以在每一部电影里看到，就像前面引述的那一段文字一样。难道远在巴库臆想东方的艾萨德竟然参与了一种历史想象？我不想下任何断语。但是我知道传奇常常是个人的关注和历史的关注的交汇之处。萨义德，这个“假冒”的穆斯林，就是一个传奇。这个传奇是在东西方的交界处写成的。

一九九九年十一月于纽约

血腥的莎剧让人笑

莎士比亚的《泰特斯・安庄尼克斯》,所有人都觉得它“荒诞”、“愚蠢”、“可笑”,原因只有一个:这部戏名副其实地充满了暴力和血腥。

《泰特斯·安庄尼克斯》(*Titus Andronicus*)据说是莎士比亚的第一部悲剧。“据说”不只是因为关于莎剧的原作者和版本的问题本来就极难考证,更是因为不少莎剧迷都宁愿相信这出戏绝不应出自莎氏之手。远至十七世纪的剧作家爱得华·瑞文斯克夫特(Edward Ravenscroft),到二十世纪初的艾略特(T. S. Eliot)、田纳西·威廉斯(Teanessee Williams),到耶鲁大学的著名教授哈罗德·布鲁姆(Harold Bloom),没有一个人认为这出戏配得上《哈姆雷特》、《麦克白》的伟大作者,所有人都觉得它“荒诞”、“愚蠢”、“可笑”,原因只有一个:这部戏名副其实地充满了暴力和血腥。

I

泰特斯·安庄尼克斯是古罗马的将军,在与高特人的战争中牺牲了自己的二十一个儿子。战争结束后,他遵循罗马的“武士道”,把高特王子杀死,焚烧他的内脏以祭烈士英灵。泰特斯凯旋罗马,以其功名和声望本来可以稳操帝位,但他却为了维护罗马的民主立宪制,扶持了荒淫无度的恺撒的长子萨特奈诺斯。萨帝封泰特斯之女拉文尼亚为后,不料拉文尼亚早已与皇兄巴西艾诺斯私订终身,在泰特斯的四个儿子的帮助下逃出皇宫。泰特斯情急之下又将一子杀死。萨帝封后未遂,转而立被俘的高特女王塔梅拉为后。塔梅拉为了报复泰特斯杀子祭天之仇,精心设计了一场接一场的冤案,使泰特斯沦为“罗马空前的最苦的人”。

塔梅拉的谋士摩尔人亚伦是个临死还“后悔没有做出一万桩比以前做过的更恶的事”的恶人。在他的教导下,塔梅拉的两个幼子刺杀了拉文尼亚的丈夫,强奸了拉文尼亚,又剁去她的双手,割掉她的舌头,在她的断肢处插以树杈,把她像稻草人一样留在荒郊里随风飘摆。亚伦继而陷害泰特斯两子,使他们以杀人罪接受罗马法庭审判。泰特斯受骗,以为割掉一手可以解救儿子的性命。结果法庭使者送来的是他的断手和两个儿子的头颅。泰特斯长子陆舍斯被逐出罗马。这一系列灾难使得泰特斯欲哭无泪,投报无门。这个剧的效应应该和中国传统戏曲相似。这是一出情节剧,复仇剧,这里的人物其行为比性格更为重要,场面比个人的行为重要。那是因为"泰特斯"描写的世界离古典的时代不远,个人的行为大半出自于超越个人的动机。泰特斯的冤一点也不少于窦娥,他采取的复仇方式也和窦娥有相近之处。泰特斯说:"人间和地狱既然没有公理可讲,我们要乞求上天感动神明派遣'公理'降到人间为我们昭雪。"他把委屈写在信上包在箭上,让罗马的大臣射向诸神:阿波罗(Apollo),周伯(Jove),帕拉斯(Pallas),梅鸠利(Mercury)。

十六世纪的英国观众喜欢热闹,喜欢大场面,喜欢极致,这出戏不管是否由莎氏所作,在当时可是红极一时的好戏。剧作者不会就此打住。血流得还不够多,场面还不够刺激。之后,塔梅拉假扮成复仇女神,让两个儿子扮成司管"强奸"和"谋杀"的小神,试图引诱泰特斯召回投靠叛军的长子。泰特斯将计就计,扣下"强奸"和"谋杀",把他们吊起来,沥尽了身上的血,把他们的头绞成肉酱，拌了，烤成了肉饼，端到皇帝和皇后面前……

结局可以用一个字概括：死。泰特斯为了维护女儿的贞操将她勒死，又将一把餐刀捅入了塔梅拉的脖颈；皇帝拾起桌上的蜡烛台，用牙齿将蜡烛咬掉，将其尖齿狠狠地刺入泰特斯的胸膛；继而陆舍斯用尽全力将一把餐勺捅入皇帝的喉咙，还不够解气，又拼命吐了一口唾沫，让它像子弹一样飞落在皇帝的胸口上。尘埃落定之后，陆舍斯称帝，判塔梅拉曝尸野外，又命人在罗马的广场挖了一个坑，将亚伦活埋其中，沙土及颈，令民众不得与其食物和水，让他活活饿死。

Ⅱ

现代人是否还能像四百年前的英国观众一样津津有味地欣赏这一幅接一幅的暴力图卷呢？这不单单是观众的选择，更是导演的选择。十七世纪时，瑞文斯克夫特在排这出戏时特意把暴力的场面隐去不演，泰特斯自断一手及杀死塔梅拉的两个儿子的情节都在幕后进行。再出场，泰特斯已经是独手，只围了一副沾血的围裙，手里拿了一把血淋淋的利刃而已。最近英国女导演茱利·泰茉(Julie Taymer)在电影《泰特斯》中却做了一个相反的选择。她不但把暴力不厌其细地表现出来，而且表现得不只让人哭，甚至让人笑。在暴力面前流眼泪是正常的反应，笑却比较难以琢磨。让我们来回顾电影里的几个场面。

其一是泰特斯的厨房，俨然是一副行刑室的模样，大小不一的刀具挂在刚过头顶的铁架上。泰特斯走进来，用一只手飞快地抚掉砧板上的蔬菜，把另一只手连小臂放在砧板上，对亚伦说："你帮我一下，我就把我的手给你。"原文更加形象，不妨直译为"你借我你的手用一下，我就把我的手给你"。亚伦把泰特斯的手剁掉。这场戏本来很残酷，但紧接着，亚伦把这只断手小心地放进一个塑料袋里，像艺术品一样挂在他那辆破车的后视镜旁，美滋滋地拿去邀功请赏去了。看了不禁让人想起最近英国现代艺术展《感觉》中马克·昆(Marc Quinn)的一幅雕塑作品，题为"自我"，不知道画家自己的头颅是用什么材料做成的，但暗红色的表皮的夹层里注射了画家自己的血。血流在体内孕育了生命，流在体外算是什么？是艺术还是暴力？泰特斯的断手没有给人深思的机会，只是令人感到滑稽。

再一会，一辆小面包开来，走出了两个流浪的艺人，一句话不说，拿出四个凳子，请泰特斯一家坐下，奏起音乐，舞了几下，打开车子侧面的拉门，展示出装在玻璃罩子里的泰特斯两个儿子的头和泰特斯的断手。手和头都是白白的,做得很精细,像博物馆里的标本一样。泰茉还怕我们不懂,让他的演员引导着我们。玛克斯,泰特斯的弟弟,他悲呼道:“让这惨绝人寰的景象封闭我们的最不幸的眼睛。”但泰特斯的反应却截然相反,他竟然不自觉地笑了起来,吩咐道:“来,弟弟,提一个头,我这只手提起另一个。拉文尼亚……你用你的牙齿衔着我这只手……我们有许多事情要做。”当拉文尼亚真的用牙齿衔起了那只断手时,我听到电影院不少人在笑。我也在笑。

等镜头再转到厨房里的时候,那里阴森得已经没有了什么人气。塔梅拉的两个儿子被人像小鸡一样脚朝上地吊在铁架子上。泰特斯抹了他们的脖子。两个人挣扎了一下,反绑在背后的手就软了下来,接下去的事情可想而知。但是接下来的画面却明亮得不得了。一个大肉饼放在半开的玻璃窗前晾着,微风轻拂白色的窗纱,伴随着具有浓郁的田园色彩的意大利民歌,那气氛就像是电视上的某种甜品广告,怎么能够让人不笑呢?

我们的笑当然和泰特斯的狂笑意义不一样。泰特斯笑是因为“我已经无泪可洒。况且这悲哀乃是敌人,它会占据我的水汪汪的眼睛,用纳贡的泪珠使我目盲,那时节我将如何寻找复仇之神的洞穴?”而我们的笑却比泰特斯的沉重得多。我们笑的是导演的荒唐。杀了人还要称好快的刀,怎么错成这样! 这个笑比看《拯救大兵瑞恩》时流的眼泪还让人感到不能解脱的压抑,莎氏针对拉文尼亚叹道:“你这个悲哀的肖像,只能用作势代替讲话。你的可怜的心在狂跳的时候,你无法这样捶打让它平静。”我们就是失去了舌头的拉文尼亚,笑得一点也不轻松,反而出自某种莫名其妙的无奈。如果真能够“让这惨绝人寰的景象封闭我们的最不幸的眼睛”那倒是个安慰。但大部分人都不由自主地继续看下去。也许我们竟是布鲁姆教授所斥责的施虐狂和受虐狂。

布鲁姆教授在他的近作《莎士比亚:人性的创造者》中说,只有有施虐狂和受虐狂倾向的人才可能欣赏《泰特斯》这出戏。但他忽略了一点,那就是莎氏的观众中具有如此施虐狂和受虐狂倾向的人一定不在少数。剧本里围绕着泰特斯和拉文尼亚的断臂就有不少文字游戏,可以想象当时每当身体有一点畸形的角色出现在舞台上时必被视为异己,多少有点丑角或反角的效应。莎氏利用观众对残疾的排斥心理不断强调他们的残疾,有的时候一句单纯的台词也要反复圈点,向观众讨笑。剧中正直严肃的玛克斯天真地说:“哥哥,不要教她这样下毒手结束她的青春。”泰特斯唯恐观众没有听清这是对断手的拉文尼亚的讽刺,指点道:“她能下什么毒手摧毁她的生命? 啊! 你为什么要提这个手字，你是要教伊尼阿斯把故事重复讲一遍，特洛伊如何被焚，他如何遭殃吗？啊！不要再提这件事，不要再说手字，否则我们永难忘怀我们是没手之人。呸！呸！我说的话是多么疯疯癫癫，好像我们会忘记我们没有手，只消玛克斯不提手字。”莎氏的文字游戏，他的幽默，从来都不是单纯的，更明显的例子是恶棍亚伦。断了手的泰特斯宁愿相信一个“黑色的丑陋”的苍蝇不该随便丧失它的性命，也不能相信“黑炭似的摩尔人”会具有人性，文艺复兴时期的观众肯定是既热情又残酷的，莎氏坦白地表现了语言的快乐和语言的暴力。然而布鲁姆教授在新作之中大肆歌颂莎氏的“伟大的人性”，反倒不如莎氏自己诚实。隔了几百年，莎氏还是能同时触及到观众的罪感和乐感，让不愿自觉的观众也不能忘记他们的乐感的来源。这正是黑色幽默的真谛。

Ⅲ

茱莉·泰茉是舞台剧导演出身，特别懂得如何摆场面，造声势。摄影机又能轻巧地超越剧场的限制，仿佛一下子给了她四五个剧场，让她极尽想象之能事，给一出戏赋予了多重的指征。她的第一个剧场是罗马的圆形剧场。她不要意大利那些被许多游客光顾的罗马废墟，非要把大队人马带到 Croatia。那里的古迹当然更加逼真，但是导演更深的用意不点自明。第二个剧场是罗马的街道。恺撒的两个王子打扮得像希特勒和墨索里尼的宣传部长，一身黑色的礼服，坐在敞篷的汽车里声嘶力竭地昭示着罗马的民众。“恺撒已死”——几条黑色的巨幅从剧场的屋顶滚落下来。然而马路上一窝蜂地拥戴新的暴君的民众丝毫不懂得这四个字的意义。泰特斯以后后悔不该“唆使人民拥护这样凌辱我的人当政”，其实没有他的“唆使”，民意又何尝可信？第三个剧场更妙，是罗马皇宫的大殿，一个荒淫无度的欢乐宫。皇帝新婚庆典上，一个光屁股的带着面具的女人推着一具半男半女插满了棒棒糖的人像，在水池里走来走去侍奉着散坐在台阶上的客人。第四个剧场该算是塔梅拉两个不成器的王子的卧室和游戏室。两个王子一副庞克打扮，但是他们的卧床却像是一个巨大的摇篮，原来他们还是被母亲溺爱和宠坏的孩子。在游戏室里，一个完全沉浸在电影游戏机里的杀人游戏里，另一个带着 walkman 随着无声的音乐节奏狂舞。这两个孩子懂得杀人和死亡的意义吗？他们是通过什么渠道学会了暴力和屠杀？泰茉的每一个场景似乎都植根于某时某地，但同时又超越了一时一地的局限，好像是在针对人生的基本生存状态发表意见。有人说泰茉的风格“超现实”，实际上这部剧本身有一种中文译文难以传达的形象性。泰茉倒是一板一眼地在演示这种形象性。泰茉对于莎氏，如同泰特斯对待他的女儿：“我要理解你的心思，我要完全通晓你的哑口无言的动作，像行乞的隐士之精通他们的祈祷一般……”他们俩一个人有身体，一个人有语言；一个人提供故事，另一个人为这个故事寻找合适的形式。泰茉并不是在“改写”原著，“改写”就意味着忠实和不忠实的问题。对于泰茉，莎氏的作品仿佛是无声的拉文尼亚，她必须赋之以声、形、色，把它“表现”出来。所以某一特定的历史背景是不重要的，泰茉毫不犹豫地把古罗马、二次大战、九十年代这几个历史时期穿插起来，又加以没有特定时间标记的颓废文化，她之所以这样做，是因为她无意注解历史，反而要真实的历史时间作为图像的注解。她知道真正能够打动观众的，不是过去的某时某刻，不是现实的关注，不是莎士比亚，也不是一厢情愿地要超越莎士比亚的当代人，而是艺术的感觉。

二〇〇〇年二月于纽约

另类的私空间

读者一定以为安的这本书是教人床上术的“how to”手册，要不就是那种走入阴森的地下室打开心灵壁橱的黑幕小说，其实不然。像推销商品那样推销性爱，这也有它们自己的行规和禁忌。安不是行内人，也没有暴露癖，她要探讨的恰恰是保健用品商店所不销售的健康的性观念。

像我这样六十年代出生的人,在成年之后所面临的“生活问题”,很多是没有办法用传统的“公”的语言来解释的。因为传统意义的“生活问题”,即结婚生子,都是从“公”的角度来考虑私生活的。然而,我周围的与我同龄的人对于婚姻、感情、工作、金钱、友情、健康、文化的选择,首先体现的是自我认识,而不是公众利益。

先不要说这就是自私。现代社会自私的人绝不限于某一代人。不如坚定地站在自我的私空间里,反过来考察一下我们的私人选择的公共意义。安·波尔斯(Ann Powers)的新书像是一道理性的灵光，照亮了生活的私领域。她把成长在六十年代阴影之下，且冠以冷漠和困惑的标记为“X”的那一代，加了一个疑问词“why”，就是要询问自我的意义，私的意义，在铺天盖地的商品社会里询问身体的价值，钱的价值。这样询问的她不是第一个，她没有什么惊天动地的真理告诉我们，但是她的坦诚、她的直言、她的通达体现了一种执着和勇敢。安写道，在美国文化中，性欲被培养得如同阴影里的恶之花，拿到阳光下一定死掉。她难道不是针对我们而说的吗？欲望的确已经走出了家庭的阴影，它是否又消失在电视连续剧、另类小说、因特网的缝隙里了呢？让我们随着安·波尔斯走进她所谓的波西米亚人的私空间。

第一站：波西米亚

安的书题为“我们这群怪物：我的波西米亚的美国”(*Weird Like Us: My Bohemian America*)。波西米亚对于中国人来说可不是一个陌生的字眼，法国作家亨利·慕尔格一八四九年的短篇小说集《波西米亚人生活花絮》不知道是否有过中文译本，但是普契尼的歌剧《波西米亚人》却是众所周知的。中国作家虽然没有人以“波西米亚人”自居，但是和中国作家有着密切关系的项美丽倒是写过一本《美国波西米亚的历史》。“波西米亚”虽然远在欧洲的中部,却是一个源远流长的世界文化的国度,是所有住在亭子间里创作着比自己周遭环境华丽得无数倍的人的艺术国度,是有意识无意识地抵制着婚姻和家庭的文化人虚构出来的理想国度。这个国度真的有那么理想吗?这个国家有终身的公民吗?这个国家有明确的边界吗?都没有。“波西米亚产生于资产阶级生活方式仍未定型的初期阶段,它代表某种新生的力量,不断冲击社会的限制,不断检验社会的边缘。”历史学家Jerrold Siegel这样写道。但是在今天的美国,连电脑的广告都打出了“革新思维方式”的旗号,连耐克球鞋都要“勇敢地跨出一步”,那还有什么“另类”,哪里去找“新生的力量”?

安的观察恰恰相反。她认为美国的文化非但没有日趋僵化,反而不断在解体,不断在分化。现在谁要是坚持用一种信仰、一种文化、一种语言来概括美国经验,非但是不可能的,而且是错误的。然而保守势力却振振有词,进步势力仍然默默无语,原因在于六十年代反潮流的老前辈,在理想主义业已消亡的今日,不敢也不会把他们批判的目光投向私空间。现在的妇女健康组织、环境保护组织、动物保护组织、艾滋病协会,正是九十年代的“反潮流”运动。别觉得这些小事琐碎,它们的背后有一个共同的信条,那就是生活方式才是最重要的政治。安带着我们离开了波西米亚人的公共场所,巴黎、纽约的小酒吧、小咖啡馆、小剧场、小画廊,直接走入波西米亚人的生活,看看他们是如何安排他们的生活?他们是如何对待工作和金钱的?他们是如何看待性爱和家庭的?安描写的对象是地下摇滚爱好者、性工作者、吸毒者、穷学生、穷艺术家。但是她提出的问题却是大多数三十几岁的年轻人都面临的生活选择。

第二站:家庭

在普契尼的歌剧《波西米亚人》的第三幕中,鲁道夫断然与米米分手,因为他不敢面对自己的贫困,不愿为米米的死承担感情上的责任。这是传统的波西米亚人对待家庭的态度。爱情和女人可以激发诗人的灵感,但是感情还没有发展几个回合,女人就已经转化为金钱和社会规范的代名词。女人只会给艺术家带来愧疚和失落的感觉,必然成为本来已经摇摇欲坠的艺术空中楼阁的最大的威胁。这个程式不仅仅在大歌剧里面存在,二十世纪初英国的布鲁姆斯伯里艺术家和六十年代美国激进艺术家创办的文化合作社都具有同样的个人主义的倾向。中国观众所熟悉的美国电影《爱情故事》不也是以女主角的死亡而告终的吗？(安上电台推销这部新书的时候，有一位听众打电话来诉说自己的经历，原来他的父亲就是一个风光一时的“波西米亚人”，他从来就没有给过两个儿子以任何温饱的保障以及精神上的支持。两个儿子长大后发誓绝对不与艺术结缘，一个当了木工，另一个当了建筑工人。)

波西米亚人的故事一定要以悲剧结局吗？走出了家门就意味着斩断“家”的情结吗？安的书在我看来很新潮，因为她反映的正是后现代主义者们最推崇的主体性。她的故事从自己讲起。在西雅图长大的安也是传统的天主教的中产阶级家庭出身的好孩子，十几岁迷上了摇滚乐和现代诗，二十几岁趁着到加大伯克莱分校上大学的机会到大城市闯世界了。反抗家庭是所有年轻人的权利，即便像安这样聪明过顶的好孩子也知道自己必然要走上这条路。关键是，离开了生你养你的亲人之后日子该怎么过？安有一句名言：真正的革命是在流血和牺牲之后完成的。对于安自己来说，反抗不是在娜拉出走之后就结束了，而是刚刚开始。安在旧金山先后与两群年轻人同住在一起，两个“家庭”的模式完全不一样，每任“家长”的作风也完全不同，然而每一位“家长”都努力地塑造“家庭”。因此，虽然集体生活并不是百分之百的和乐美满，几年之后“家庭”成员也各奔东西了，但是不少人从中学到了如何培养真正的亲密无间的感情。那恰恰是家庭的实质。安的室友,一个从小在某个宗教团体的集体农场中长大的女孩,和一个在严格的天主教的家庭中成长起来的具有同性恋倾向的男孩建立了很深的感情,他们的友谊不是浪漫的关系,却比亲兄妹还要亲,比两个人各自的爱情持续的时间都长。另外的两个室友,同样一个是同性恋,另一位是异性恋,一边合租了一幢房子,一边在各自寻找理想的情人。在西方,同性恋者组成家庭,并在法律上争取权利是近几十年才发生的事,它的口号是"哪里有爱,哪里就可以有家庭"。但实际上,尝试所谓"另类"的家庭方式绝不只局限于西方,局限于当代,局限于某一种性爱倾向的人。家庭最终只是一个社会规范,既如此,无论什么样的家庭都不可能是"理想"的家庭。"另类"家庭也难避免一切弊端。"家庭这棵大树是需要从一枝一叶开始培养的",安说。也就是说,所谓的对"另类"生活方式的尝试也不能忽视"家庭"是什么这个问题,否则感情大概难以保持常新。

第三站:性爱

现代文化里实际上早就充满了性的符号,从中国街头巷尾的保健用品商店到穿梭于纽约几个城区之间贴着巨幅CK内裤广告的大巴，性的内涵已经被挤得满满的，性早已走出了卧室和私人空间。现代社会的性工作者，那些被称为妓女和三陪女郎的人，那些黄色录像带商店或性用品商店的工作人员，那些黄色小说作家，是社会堕落的标记、女权主义者必须拯救的罪人，还是某种意义上的社会激进分子？这些人的性行为和性经验对于整个社会有什么意义？这个问题不是一场革命、一个运动就能解决的事。美国六十年代的性革命并没有解放到可以把性放在桌面上敞开来谈，女权主义者对于淫秽杂志、黄色小说对于女性到底是解放还是更大的剥削，至今依然争吵不休。这时候，安建议我们别忘了想一想性到底是怎么一回事。

读者一定以为安的这本书是教人床上术的“how to”手册，要不就是那种走入阴森的地下室打开心灵壁橱的黑幕小说，其实不然。像推销商品那样推销性爱，这也有它们自己的行规和禁忌。安不是行内人，也没有暴露癖，她要探讨的恰恰是保健用品商店所不销售的健康的性观念。安认为那些用身体工作的人最了解身体，他们对于快感、罪感、健康、疾病的经验正是整个社会由于禁忌而不愿探讨的宝贵经验。

她说：“当我走进所谓的堕落者的广阔天地时，我发现最有害的不在于限制性爱的条条框框，而在于根本不能够谈性是什么。纽约时报广场游客头顶上挂着巨幅的内裤广告；以前的脱衣舞厅现在变成了兜售甜甜软软的爱情歌曲的唱片商店；十几岁的女孩子肚脐上穿着洞，穿着鲜艳的超短裙去上生物课，去听老师讲解性卫生、性健康的常识，却没有人直截了当地跟她们讲解她们的身体在青春期会发生什么变化。于是，一旦情欲萌发，年轻人便以为这就是爱情了。而他们所谓的爱情恰恰是最落俗套的爱情小说中的路数。至于性，在年轻人中间流传的除了荤笑话，就是如何预防性病的传单。”

“性到底是什么，我们的文化简直不敢去谈。性被埋葬在一连串的隐语、暗号之中，以至于性的描写如果不伴随着鲜花、心跳之类的俗语，读者就拒绝接受。有些追求品位的人批评那些自甘堕落者使性失去了神秘感，这恰恰证明，对于大部分人来说，离开了神秘感，性就不复存在。”

“如果说性是神秘的话，那是因为它是一种精神的追求。它引诱着我们走入神秘的渊源，只有走到尽头才会把真相显露在我们面前。这条神秘之旅是完全值得探索的。无怪乎很多性激进者时常会把他们对于性爱的追求用宗教的语言表现出来，当然很多时候这些语言也会转化成空洞的俗语和符号。对于性的过于技术性的描述只能表现身体的反应，无法代替感情上的反应；而浪漫小说只注重于虚构的‘心’的反应。关于性，我们需要的是一种全新的表述，表现既作为社会关系的性，作为本能的冲动的性，又作为一种精神的探索，作为体现生命的本质的性；既要表现作为快乐的源泉的性，也要表现给人带来羞辱感的性。”

第四站：文化无产者

安谈起她在旧金山环球唱片店工作的同仁，就像是法国电影导演 Bresson 和 Godard 的镜头里反射出来的扒手、小偷、城市混子。如同新浪潮导演们一样，她最关心的是文化与金钱的关系；而也正像新浪潮的大手笔一样，她没有忘记在故事里留下抒情的空间，没有忘记在书里勾勒活生生的人。她知道真实而具体地表现人生最能抵制资本主义异化的抽象。在没有文化情趣的社会学家看来，在环球唱片店工作的人，不过是资本主义文化生产中的一个微不足道的环节。他们的工作再简单不过，打包、标价、收银，再高级一点的工作，就是与唱片商联系订货，或者与顾客联系处理邮购业务。这些被文化机构踩在脚底下的人还能称得上文化人吗？安认为这些人是工人，但是这些拿最低工资的文化生产者和一般工人的区别，还在于他们不甘心做革命的螺丝钉，他们的社会意义时常通过故意违背工作道德的行为表现出来。比如说偷。最简单的是偷懒，接着就是偷唱片，偷钱。偷懒有一点罢工的性质，安和她的朋友们实在看不上唱片店只顾牟利一味推销流行歌手的做法，于是消极怠工，或是在唱片店的留声机里放他们喜欢的地下摇滚音乐，把他们不喜欢的顾客赶跑。要不就是利用职权订购大批的具有实验性的新歌手的唱片，之后低价卖给街头的小商贩，在商店的记录上反而会显示出这些新歌手的唱片销售量很高。偶尔有一两个客人显示出对于摇滚乐真正的兴趣时，店员马上就自动给他们卖的唱片减价出售，这样不只加强了唱片店和真正的音乐爱好者的友谊，而且还推销了店员们认为值得推销的真正的艺术家的作品。你说他们是为自己吗？当然。但是他们也在从事一种“另类”的文化生产。偷钱似乎是一件比较难以宽恕的恶行，但是安采访了以前一起工作的梦娜，她坚持说偷钱不是因为爱钱，不是因为贪婪。梦娜甚至声称自己一点也不喜欢偷，但是偷上了手，仿佛是一个恶习，甩也甩不掉。她偷得多，散得也快，偷来的东西多半用来施惠朋友、亲属了。此外偷还是这些穷学生、穷艺术家之间的一种互惠。偷来的唱片被用来交换免费的电影票。偷来的礼券低价卖给朋友转回来又用来交换唱片推销非主流的艺术家的作品。换言之,偷是一种真实的社会关系,是一种特殊的劳资关系。

说到劳资关系,可以看出安的书与新浪潮导演的不同。安书中的英雄不是某一个单独的人,某一个孤立的形象,而是一个想象中的族群,一种文化,一种社会关系。在这点上,她更有美国左派文化的风格。她甚至考虑到了唱片店里那些不愿意认同所谓"反工作"的原则的成员。比如好孩子贝悌纳也是个喜欢玩点儿先锋音乐的时髦青年,就是坚持不偷,结果当然是被晋升为唱片店的部门主管。这一步有失有得。她因此而失去了朋友,所有有偷东西的恶习的工人是绝对不能与管理人员站在同一战壕里的。她也有所得,首先是金钱,而且维护了自己的原则,她并不觉得偷可耻,但是她也不认为这是解决问题的根本办法。另外一个"好"青年是加斯廷,他实际上也对资本主义充满了愤怒,但是他表达的方式是以比资本主义更加冷酷的方式来对待工作,对待工人。他是个工作狂,他对于其他的工人从来不袒露自己真实的内心活动。他热情得可以拒人于千里之外,他尖刻起来时不时要"操"整个世界。他是个外表似乎前卫,本质上十分平庸的人。安毫不否认他也是被压迫的无产阶级,但是与他这种通过把自己变成一个机器人来抵制机器的做法相比,其他人的小偷小摸似乎更有一点人情味儿。

偷有什么用？它能改变工人的基本待遇，能够加强工人之间的团结吗？某一个管理专家曾经指出，与有组织的工人运动相比，大公司允许工人小偷小摸非但无损劳资关系，而且有助于稳固劳资关系。这是因为小偷小摸损失的钱不管怎样都比给工人普遍提高工资的花费要小。那么在环球唱片店工作的工人是否反而帮了管理阶层一个大忙呢？的确，如果团结起来，也许对于根本改变社会关系具有更大的作用。但是，这些文化无产者从事的是另一种革命，那便是通过自愿成为资本主义生产机器中的一个拒绝合作的环节，把被资本主义的生产关系排除在外的东西，比如爱好、性情、人性，带回了生活。安的这些解释我都同意，但是我认为最关键的是环球唱片店的工人的反抗方式反映了他们对于自己的社会位置的自觉和不自觉的认识。这些工人，如同他们所维护的“另类文化”一样，都逃不出资本主义的圈套。摇滚乐从一开始就深深地植根于物质文化，逃不脱商业性的社会关系。波西米亚的反文化也基本上是一种中产阶级的白人的文化，现在有一些亚裔加入，但黑人很少。这些都是安毫不讳言的地方。然而工会就是答案吗？了解美国工人运动史的读者恐怕对此也有怀疑。

第五站:批评家和叛徒

当安离开了穷艺术家冰冷的阁楼走进大报社明朗的办公室时,她承认她的确变成了"另类文化"的叛徒。但是关键在于,叛徒在整个的文化里并不是没有价值的。在她的书的最后一章里,她讨论了所谓上层波西米亚阶级。这些人多半在大报社、大杂志社、大学里面工作。他们谈论的也许是最前卫的最有实验性的文化现象,但是他们的生活方式却丝毫没有穷艺术家的尴尬和限制。他们有一个责任,那便是把地下文化带给更多的人,在广泛的公共空间里争论文化情趣。社会学家也许认为文化战争不如阶级斗争那样真实,但安却认为文化情趣恰恰最能反映生活中一些根本性的分歧和变化,比如女人裙子的长短和妇女解放的关系是事后需要学者、记者的分析才能够体会到的。女人从穿超短裙到成为自觉的女性主义者的这一步并不是必然的,超短裙的文化意义正需要有良心有责任感的"叛徒们"加以判定。

然而这不是一件轻松的事,叛徒并没有因为背叛了一次就从此可以生活在不需要作出真假善恶的抉择的伊甸园里,并不像雨果小说里描写的那样真假善恶的选择只是冉阿让这样的囚徒逃犯才必须承担的道德责任。每个人,或穷或富,或男或女,或是知识分子或是劳动阶级，在现代生活中对家庭、婚姻、工作的抉择都需要有像识别文化的真品或赝品那样同样的果断和眼力；每个人的选择最终都体现了他们的自我。意识到这一点反而使人更清醒地意识到个人的责任，批评家实际上也是读者也是创造者。

二〇〇〇年五月于纽约

赛文纳的幽灵

那些似乎被现代文明所征服和同化了的文化实际上一直都在赛文纳存在，暗暗地左右着人们的行为，评判着人们的善恶。子夜时分的善恶园里，人和幽灵在共处，在对话。

初到赛文纳(Savannah)时,对它的印象与新奥尔良迥异:如果说新奥尔良能令人联想起“腰缠十万贯,骑鹤下扬州”的骄傲和铺张的话,那么相对来说赛文纳就要含蓄、忧郁得多,虽然两个城市都是美国南部有名的繁华都市。赛文纳始建于十八世纪初,按照当时一位有名的英国将军的设计,整个城市呈四四方方的棋盘式展开,每隔几个横竖交叉的街口就建有一个街心花园。赛文纳共有二十一个街心花园,花园中的大树整日被傍城而过的赛文纳河和距离只有十八英里的大西洋的水汽蒸着,树枝上垂挂了不少西班牙苔藓,显出一副原始而苍老的模样。坐落在历史悠久的豪宅群之中，这些花园好像是一个乐句中的休止符，一篇文章中的句读，给这个城市带来了与众不同的节奏。赛文纳的节奏是雍容典雅的，张弛并用的，这正是因为赛文纳马路上疾驶的车辆走近花园时都不得不减速，小心地与横行的车辆合流之后，绕过花园才能继续前进。

赛文纳的花园不只在现实生活中起了一个路障的作用，也代表了这个城市的文化对于历史的态度。对游客来讲，这二十一个街心花园所造成的迂回婉转只是一道道自然的风景线，殊不知这个迂回却恰恰是极不自然的人力造成的。赛文纳人向来有一种优越感，他们知道自己城市的尊贵。为了这种优越感，他们不惜牺牲政治原则，于是就有了这样一个历史故事：南北战争中当舍曼将军率领的北方军队逼及城下时，赛文纳的市政首脑一致同意投降以保全这座城市的完整。这些靠买卖棉花、木材发家的商人是不必像种植园主那样拼死维护自己的奴隶和领土的，他们唯一需要关心的只是自己的生活质量。这样的人最实际。舍曼将军在接到了赛文纳的降书之后，给林肯发了一份著名的电报，电文道：请允许我向您呈上一份圣诞节的贺礼，包括赛文纳城池一座，枪支一百五十条，棉花二万五千捆。电报发出后一个月，舍曼率军攻打南卡州的哥伦比亚市，一把大火将之夷为平地。很显然，这个城市的所有超过一百五十年的建筑都是这个历史选择的见证。如果没有这个选择，赛文纳的历史感肯定会不一样的。

善恶园中的子夜

然而懂得把自己包装成为一份精美的圣诞礼物以全其性命的城市和人一样，往往柔顺有余，刚韧不足。二十世纪一开始，美国的产棉基地由南部转移到了西南，廉价的黑人劳力又纷纷离开南部跑到北方的大城市里去打工，这样一来，赛文纳一蹶不振整整超过了半个世纪。直到七八十年代才有人出钱整修赛文纳的历史遗迹，为那些围绕着花园四周的历史长达一两百年的老房子恢复旧貌，又把河边码头以前用来堆货的仓房改建成旅馆、餐馆、商店，这样发展了旅游业，吸引来了古董商人，才使得赛文纳的经济稍有改观。这场文物抢救、历史维修的运动中有一位先驱人物，叫作基姆·威廉姆斯(Jim Williams)。他的出名不只归功于他的眼力、趣味和财富，更是因为他在八十年代犯了一场大案，以杀人罪被政府指控。他几次濒临死地，最后居然能奇迹般地胜诉。这场官司经过一位纽约的记者白云特(John Berendt)的演绎变成一本畅销书,这正是著名的《善恶园中的子夜》(*Midnight in the Garden of Good and Evil*),后来还拍了电影。

有人说,这本书出版以后再到赛文纳去旅游,必定是“后白云特式”(post-Berendt)的,这话一点也不假。我到了赛文纳才知道,居然有一爿“书”店叫“The Book Store”,别的书不卖,只卖《善恶园》和与之有关的纪念品,定期举行与“书”有关的讨论会。《善恶园》中所集中描写的那个墓地成为一个旅游热点,一车一车的外地游客不只要到这儿来凭吊一下书里提到的名人,甚至连书的封面上那个托着水盘的女孩的雕像都要寻找一番(那雕塑早已不在墓地而被升级到博物馆里去了),更不用说《善恶园》中提到的一位作过换性手术的舞女,因为此书名声大噪,生意大红,我想她操此营生的日子应该不多矣。这些当然都是“后白云特”的最明显的征兆。

然而读了《善恶园》之后才知道不能对此类商业化的手段一笑以置之。《善恶园》实际上很得赛文纳的精髓,因为它懂得包装,尤其是对于反现代的幽灵的包装,包括巫术、同性恋,还有那些为现代社会的体面人所不齿的颓废文化。比如十九世纪被斥为邪教和迷信的黑人的巫术(voodoo),在二十世纪被拿来装点白人的流行文化,为之增加几分神秘感,这早已不是新的发明,在斯蒂芬·金的小说和电影里屡屡可见。但是《善恶园》的狡猾之处在于它没有一味地恭维黑人的文化,却把黑白交界的"边缘"人物当成主角去写,化"边缘"为"主流",从几个怪人的个例中概括赛文纳的整体性格。这令赛文纳人读来十分开心,因为这能让他们觉得原来他们的城市所有的人都早已"边缘化了"(很能投合曾经辉煌一时的没落贵族的心态),原来自愿"边缘化"是赛文纳很可以引以自豪的事情(意味着这个城市并没有真正的"边缘"),原来"边缘化"的人物也可以"正常"地生活,甚至可以赚到大钱,等等。《善恶园》小心翼翼地维护着赛文纳人的"家"的感觉,虽然它一点也不否认它所描写的人物在任何意义上都是传统的中产阶级的基督教家庭所不能接纳的成员。

《善恶园》里的男主角基姆·威廉姆斯就是一个黑道白道交接之处的边缘人物。他是个靠装修豪宅、买卖古董发家的新贵,他又是一个同性恋者,一个迷信黑人的巫术到了极点的信徒。他既是赛文纳经济复兴的功臣,又是为赛文纳上流社会所无法接受的捣乱分子。他一年举办两场圣诞晚会,一场请的是赛文纳的政界领袖、社会名流,另一场请的是男同性恋者。他长期雇佣一个年轻貌美、具有暴力倾向的男子在他的豪宅里为他修复古董,当这个男子在某一天夜里被威廉姆斯用收藏的手枪打死时，威廉姆斯声称那不是谋杀，而是自卫。威廉姆斯是善人还是恶人，这取决于你是站在什么立场上发问。从巫术大师的立场来看，威廉姆斯是做了恶了，死鬼的幽灵是把他缠定了，所以威廉姆斯被法庭判决无罪释放之后没多少天就莫名其妙地死了。报纸上把他的死因说成是肺炎，社会上的传言说他是死于艾滋病，巫术师却认为是死鬼来找他讨债来了。

《善恶园》在告诉我们，那些似乎被现代文明所征服和同化了的文化实际上一直都在赛文纳存在，暗暗地左右着人们的行为，评判着人们的善恶。子夜时分的善恶园里，人和幽灵在共处，在对话。

康拉德·艾肯的幽灵

这本来不是什么新鲜的道理。白云特以前肯定有不少人写到过鬼的厉害。倒是那书里充满了浓烈的财经意识的大众语言是新的，是属于九十年代的。不过《善恶园》使得墓地在赛文纳重新变成了一道风景线。遍地一找，原来赛文纳全是幽灵。按照《善恶园》的指点，我去寻访过赛文纳一位名人的墓地，他的名字叫康拉德·艾肯(Conrad Aiken)，倒被他的幽灵所震惊和打动了。

艾肯生于一八八九年,死于一九七三年。他是美国现代文学史上著名的诗人和小说家,算得上是个典型的现代派,同艾略特一样,也是哈佛大学的毕业生,也曾在伦敦旅居多年。他的生命中头十一年是在赛文纳度过的,在他十一岁的时候,突临大难,被迫离开赛文纳,移居到新英格兰一带亲戚的家里,直至成年,六十年代才又回到了赛文纳定居。

艾肯是和他的父母葬在一起的。他们的墓坐落在一个小小的山坡顶上,透过稀疏的树林可以远远地看到赛文纳河。赛文纳是个港口城市,河上不时有白帆高悬的货船飘过。据说艾肯生前很喜欢帆船。每次来给父母扫墓都要带上一瓶酒,在墓地上坐上一会儿,观赏一下来往的船只。有一天,一艘帆船驶过,艾肯惊异地发现,它的名字很不同寻常,叫做“宇宙”号(Cosmos Mariner),查了船讯报,又发现这只船的目的地未知。艾肯认为这一艘不知驶向何处的“宇宙”号帆船正是他一生经验的总结。于是他决定将这几个词作为他的墓志铭。

艾肯的墓碑呈长方形,左上角刻着“宇宙号”,“目的地未知”(Destination Unknown),右上角刻着“把我的爱留给世界”。更为奇特的是,他的墓碑不是直立着的,而是做成了一个长凳,侧置于父母的墓碑的一旁,依稀可见康拉德生前侍奉在父母身边的样子。艾肯的父母同一天去世，那是因为他的父亲精神失常，开枪杀死了他的母亲，后又饮弹自尽。这就是艾肯十一岁时家里发生的悲剧。

以其朴素和谦恭的姿态，艾肯的墓碑在我看来传达了一种忠诚。这是对于苦难的过去的忠诚，对于个人的记忆的忠诚，对于自我的忠诚。

艾肯的墓碑上写着“宇宙”和“世界”的字样，但实际上这个宇宙不是真正的宇宙，他所了解的世界也不过是欧、美两洲。他所钟情的文化即便以本世纪初的标准也算是复古的、保守的。他喜欢把理想中的女性比作罗塞蒂、伯-琼斯(Burne-Jones)画中的人物。在现实生活中，他结交的和迷恋的对象也是像沙龙画家萨金特(John Singer Sargent)的侄女一类的人物。也就是说，艾肯很不新潮，并没有什么广泛的旅行经历。他所谓的“宇宙”、“世界”，所谓“未知的目的地”，指的都是弗洛伊德所说的无意识。艾肯的生活之旅是心路之旅，是一个不断地面对他那不可言说的过去、不断地与他个人历史中的幽灵对话的旅行。

读艾肯一九二二年写的自传体小说《蓝色之旅》，我明白了原来所谓经典的现代派也同通俗小说的作家一样对生活中的悲喜剧具有浓厚的兴趣。这部小说里的艾肯苦苦追求着萨金特的侄女，一个化名为辛雅(Cynthia)的上层社会的女人。在一次短短的海上旅行中，艾肯与离别多年的辛雅重逢，然而时空交错，落魄的艾肯已经没有勇气再续前缘，只有在许多封没有发出的信中吐露心声。艾肯在信中把生活中的女性都描写成充满了诱惑力但又不可企及的圣母，把所有的男性都描写成软弱而又危险的死亡的使者。信里讲了这样一段回忆，最能够体现艾肯对于冷冰冰的道德主义的维多利亚时期的男性理想的背叛。某一天清晨，艾肯被收养他的舅舅叫醒带上一艘捕鲸船，船上有不少膀大腰圆的水手正忙着准备远航。艾肯随捕鲸船航行了一段之后，被送上了一条小艇驶回岸边。整个过程都让艾肯又兴奋又恐惧。他注意到小艇一边在航行一边不断地在进水，等到了岸边，海水已经没及船帮的一半。然而水手们似乎对这种危险毫无察觉。不久之后，艾肯得知这艘捕鲸船在深海沉没，水手们无一生还……弗洛伊德主义鼓励人们回归到童年的记忆，免不了使得追随它的信徒像孩子一样一直长不大。艾肯有一颗早熟又不天真的童心，无论走了多远，这颗心仍要不断地把他带回他最初之地的赛文纳。

二〇〇〇年八月于纽约

“幸存者”的经验

《幸存者》虽说是一种游戏，但有的时候是可能“过分”真实的。几乎每一集都有一些细节会给人以如此的反应。当电视台真的把人性的黑暗面表露在我们面前的时候，再坚持说这不过是场游戏，这不过是个电视片，那只能叫作自我欺骗了。

哥伦比亚广播公司今年夏天推出的十三集电视片《幸存者》(*Survivor*),不只创造了空前的收视率,而且据说创造了一种新的体裁,即所谓“现实电视”(Reality TV)。何谓“现实”?以《幸存者》为例,让十六个没有受过任何表演训练的普通人担任主演这是现实;在中国南海某个荒岛上进行实地跟踪拍摄这是现实;当实际生活中的某个故事长达几个小时被剪接成几分钟而电视荧屏上却清清楚楚地打出真实时间这是现实;观赏一场激烈的竞赛而无法预期竞赛的结果这是现实;聆听参赛者毫不掩饰地向你吐露他们对于自己的对手自己的队友的刻骨仇恨这是现实……然而所有这些“现实”都抵不过一个更大更真实的现实，那便是一百万美元的奖金。笔者强调这一点，丝毫不是有意指责《幸存者》的参赛人有多么的利欲熏心；我想说的是，千万别把《幸存者》仅仅当作一个电视片来对待，这个电视片真的就是现实。

“幸存者”的游戏规则是这样的：十六个人被放逐到中国南海的一个荒岛上，分为两组，每三天进行一场竞赛，输队必须驱除一人以求生存，如此不断淘汰，等到人数降低到十人时，电视制片人便打散两队，让队员一对一地进行对抗，最后一个“幸存者”即可得到一百万美元的奖金。除了事先设置的竞赛项目之外，每个参赛者还面临着生存环境的挑战，他们必须自己生火，合力搭帐篷，轮流寻找食物，没有别的吃的东西的时候，只能以老鼠和虫子为食。所有这些“自然”的挑战，实际上都不纯粹是“自然”的，因为一个人很可能因其生火觅食的本领被他人视为可贵的伙伴而保存下来，但也可能遭人妒忌而被驱除出岛。在人的社会里生存，需要与天斗和与人斗两方面的本领，这不独为中国人的发现，《幸存者》的编导们也了解得很明白。

有人说这个电视片反映了一种达尔文主义的社会规则，物竞天择，适者生存，但这只说对了一小半。的确，在电视片的前几集里，被淘汰的都是老人和妇女。第一集，六十三岁的曾经患过癌症的索尼亚因为体力不支而被驱逐出岛；第二集，六十四岁的B.B.因为懒惰而被驱逐出岛；第三集，本来理查很有可能被驱逐，但是他及时提醒队友他有卓越的捉鱼本领而被留了下来。而二十七岁脾气不好且喜欢挑拨是非的斯得西被驱除出岛；第四集，不断晕船而无法参加劳动的若梦娜被驱除出岛。但是达尔文主义的社会效用大概也就到此为止了。社会达尔文主义在中外历史上曾经起过很大的作用，但是现在看来，它对于历史进程的描述未免过于简单化、模式化，更关键的是到了二十一世纪，这个理论对于人们的迷惑力已经远远比不上在上个世纪初。《幸存者》的参赛者有的人的投票方式是纯粹偶然的，医师尚安就是完全按照字母表的排列顺序来决定谁该被驱除出岛。

如果说社会达尔文主义从根本上说还是要推行某一种社会规划的话，《幸存者》实际上已经完全打破了关于一切社会规划的神话。它不断提醒观众，所有的社会联盟都是为了某种具体的实际利益而组成的，社会联盟不再需要任何“天然”的不可置疑的基础，不管是肤色、性别，还是性取向。所以有人事后在总结《幸存者》的经验时指出，这个电视片证明老人必须与年轻人联合起来才能生存，同性恋者必须与非同性恋者甚至仇恨同性恋的老人联合起来才能生存，女人必须与男人联合起来才能生存。总之,为了生存,人是不得不建立统一战线的。换言之,当社会联盟完全出于某种策略化的动机时,那么最有效的政治手段不是近二十年来在美国高等院校流行的所谓“身份政治”,而是纯粹的极端的个人主义。

《幸存者》因而传达了一个比社会达尔文主义更加古老的社会秩序,它叫作“美国梦”。一百万元奖金代表了一个普通人的真实的梦想;在此现实基础之上,电视台又刻意营造了一个十分诱人的但绝不真实的“梦想”,那便是任何一个人凭着他的胆识、聪明和技能都具有同等的机会实现他的真实梦想。电视台并没有对任何一个参赛者更为优待,它不必像联邦政府那样决定有限的社会资源应该如何在不同的阶层、不同的肤色、不同的性取向的社会成员之间进行分配,它不需要带有任何偏见也不必要表示任何好恶;它只要不时地在饥饿的人们面前晃一晃几只鸡、一袋米、一顿丰盛的早餐、一块牛排这样的悬赏,人们就会很自觉地被这个“自由女神”召到眼前。电视台之所以那样自信,是因为它手里捏了一张王牌,那上面写着二个字:“自愿”。这十六个人都是“自愿”参赛的,据说为了参加下一集《幸存者》,上万应征者几乎打破了头。

所以《纽约时报》的评论员在大叫“阴谋”之余,又居心叵测地暗示:若十几个参赛者同心协力抢下摄影机和麦克风,绑架几十个工作人员,再向电视台要求每人一百万美金的悬赏,岂不事半功倍?果真如此,那就不是演戏了,那叫作"颠覆",或曰"革命"。可叹的是,参赛者虽然有好几个人有前科,却都属于小偷小摸、虐待幼子一类,没有一个人有真正的革命经验,哪怕是"天鹅绒"革命。

既然无意改变游戏规则,权力斗争就只能在参赛者之间举行。《幸存者》的编导若是具备中国历史的知识,一定能够成为一个不错的历史小说家。他对于错综复杂的权力关系的洞察,对于暗藏深纳的人情世故的理解,完全不亚于当下走红的作家二月河;而且他的优势还在于他完全没有道德的负担,完全不必承担给某一位历史人物正名的责任,他可以把所有的原则抛弃到脑后,他可以完全传达中国历史上任何一代末朝的气象而不加圈点。乾坤颠倒,本末倒置;成者王,败者寇:中国一般历史小说家所放不下的"历史真实"的包袱,中国人的重写历史的线性结构,在《幸存者》里都已不复存在。因为在西方,历史是可以拿到另一地再演的,看莎士比亚的《暴风雨》就可以知道,哥伦布发现新大陆亦可算作一例。所以这个荒岛上发生的故事,不仅仅是一个历史故事,它是一个让历史重新发生的故事。

这里面有四个人随着形势的发展越来越多地具有举足轻重的分量。三十八岁的理查,其职业是为大公司培训员工,协调公司内的人事关系,有点儿像专职的工会主席。他是一个公认的马基亚维里式的政治家,也就是说,这个人老谋深算,用心险恶。他曾在一度面临被驱逐的危险时,便马上开始结党营私,联合了另外的三个人:苏珊、凯丽和若迪,以后每次投票都做一致行动,以此增强势力,减少危险系数。理查还有一个更大的本领,就是装疯卖傻。在第六集和第九集中,理查决定赤身裸体地出现在镜头前,他本来体重偏重,赤裸之后浑身的赘肉走起路来一颠一颠的,十分不堪。可见他是如此不惜色相而建立了一个貌似痴呆的假象。在此伪装之下,他可以暗暗地施加影响以最有效地消灭他认为是最危险的敌人。

苏珊是来自美国中西部的一个货运卡车司机。她脾气暴烈,力大如牛,具有基本的生存技能。当与理查结成同盟之后,她的势力更大,为其他的参赛者所惧。苏珊和理查具有同样的特点,就是说谎成性。理查曾公开声明从未暗地里与任何人结盟,反过来又对观众表白道:他这样做不算撒谎,只是一种策略。苏珊和理查简直是天生的一对,她一面和理查结盟,又一面对观众表白:实际上她最信任的人不是理查,而是凯丽。凯丽就像她十年前失去的密友，说到感动时眼泪都流了下来。

凯丽的工作是一个激流划艇的向导，她的体能和耐力超人，喜欢附庸权势，有小偷小摸的前科。她曾一度与苏珊和理查结成同盟，但同时她又意识到这两个人是可以轻易战胜自己的敌人，于是又背着苏珊和理查与其他队员结成同盟。她的心计使得并不漂亮，无论是她的敌人还是她的朋友都能一眼识破而对她产生怀疑，但是她肯吃苦能耐劳，在最后几集完全凭着体能和耐力使自己立于不败之地。

若迪是个七十二岁的海军退役军人。他从一开始便显得老实可靠，不随便参加任何帮派和同盟。他的优势就是他的弱势，正因为他年纪大了，使人觉得他似乎不能构成什么威胁，但同时他正直的性格，潇洒的外表，对于他人具有一定的影响力。

这四个人之间的斗争是最后两三集的压轴戏。第十二集，医生尚安靠着辛辛苦苦赢来的一顿丰盛的早餐，买通了理查，得以在岛上多待一日，但是他因此又得罪了凯丽，加上凯丽-理查-苏珊-若迪的联盟，没过多久他就被踢了出去。剩下来的只有这个“四人帮”，鹿死谁手？第十三集，苏珊首先靠体能取得豁免权，投票的时候，两个男人投了苏珊，两个女人投了理查；凯丽和若迪再投一遍，凯丽基于长期以来对于苏珊的恐惧和仇恨，改投了苏珊,于是她先去了。剩下的三个人进行体能角逐,理查认为自己得胜无望,他同时正确地估计到凯丽的敌人是若迪,而不是自己,于是他不愿再浪费体力,自动放弃,留下七十几岁的若迪一个人对抗凯丽。他当然失败,同时被驱逐出岛。这时只剩下了两个候选人。七位最后被驱逐的参赛者参加选举,理查和凯丽得到机会为自己辩护,凯丽希望陪审团不以伎俩为重,而是以人品为重。她这样说是因为理查的确是个很不招人喜欢的小人。理查却认为这终究是一场游戏,谁的技术高超,谁就该赢。他从一开始就很有策略地在消灭敌人,当然他应该赢。最后理查获胜。

七个陪审团成员中四女三男,男人全部投了理查的票,女人全部投了凯丽的票,除了关键的一个人物——苏珊。

苏珊在投票之前讲了几句话,非常精确地传达了这场精心布置的战场之上的血腥之气。实际上,包括理查在内,有谁真正相信这只是一场游戏?不管是出于报复还是出于自卫,谁没把自己的全般本领使将出来?

苏珊说理查是条蛇,凯丽是只鼠。蛇阴险狠毒,鼠却连其狠毒都不及。凯丽即便沦落到贫困交加、冻死街头的日子,她苏珊都不会正眼看她一眼;宁可恶鹰啄食其肉,她苏珊也不会善心发现地给她递一碗水喝。

出自一个文化水平不高的卡车司机之口，这段话绝对不像是玩弄词藻，肯定是她的肺腑之言。苏珊为什么仇恨凯丽到如此地步？当然因为凯丽曾经背叛过她，更因为她恨自己居然连凯丽这样的“弱者”都无法操纵。她的眼泪白流了，她的淫威白费了。

听了苏珊这席话，我的反应和哈姆雷特的继父对于那场有名的“鼠器”(Mousetrap)的反应一个样：来人啊，快点上灯！让这场戏赶紧结束！

很显然，戏有的时候是可能“过分”真实的。这不仅指苏珊最后一段话的过错，几乎每一集都有一些细节会给人以如此的反应。当电视台真的把人性的黑暗面表露在我们面前的时候，再坚持说这不过是场游戏，这不过是个电视片，那只能叫作自我欺骗了。

理查是理所应当的赢家，不是因为他阴险如蛇蝎，而是因为他百分之百地认同了这个游戏规则。他不只是一个竞技者，他就是游戏的化身。所以，他恰恰是苏珊所鄙夷的鼠类。

二〇〇〇年十一月纽约

迷失在上海

石黑一雄像一个喜欢涂鸦的调皮少年,在阿加莎·克里斯蒂构制的英国乡村地图上乱涂了好多条线,越过平川大山,连到了上海,这一下也就从此改变了乡土英国的格局。可以说,上海是使得石黑一雄区别于他的英国老前辈的重要一环。

日裔英籍作家石黑一雄(Kazuo Ishiguro)的新作《当我们曾是孤儿的时候》(*When We Were Orphans*)中有大部分的故事是发生在旧上海。行文三分之二处,男主人公克里斯朵夫·邦克斯逐渐逼近那座据说关押着他的父母的老宅,一阵炮火袭来,他的汽车在一段用铁丝网和沙袋筑起的工事面前戛然而止,克里斯朵夫突然意识到原来他早已走出了公共租界,来到了外国人不受保护的华界,而且,正是日军炮火攻击之下的闸北。时值一九三七年十月二十日前后,据《上海史》所述,此时著名的"八·一三"上海保卫战已经进入了最后阶段,我军抵挡不住日军的凌厉攻势，不断后撤，大场、闸北、江湾等地接连沦为失地，几天之后，即十一月十一日，整个上海宣布失守。石黑一雄显然是很小心地选择了十月底的这一天的。在这个日子里，当克里斯朵夫莫名其妙地被带到闸北时，可想而知，他的懊恼、恐惧，甚至愤怒是无以复加的，然而他所担心的首先不是他的身家性命，而是一个更为根本性的事实，那便是，他迷路了，走失了。

只听得克里斯朵夫气急败坏地对司机叫喊道："上帝啊，我们真的走到租界外面了吗？真的到了闸北？我告诉你，你是个笨蛋，知道吗？十足的笨蛋！你刚刚还说那幢房子离这儿不远，现在就走丢了。我们已经走进了前线，随时都可能有生命危险，关键是，我们居然离开了租界。(这句话原文中加了重点号)你是个名副其实的傻瓜，你知道为什么吗？让我告诉你，你不懂装懂，自以为是，这正是我所谓的傻瓜。一个自以为是的名副其实的傻瓜。你听到了吗？"

读者自明，真正的"不懂装懂自以为是的傻瓜"，不是别人，正是克里斯朵夫·邦克斯本人。

克里斯朵夫之愚蠢，不是迟钝，而是有一点木讷，一点迂腐。他似乎无法分清在他的生活中哪一件是更首要的任务。就在他在闸北的废墟里面对司机大发雷霆的当儿，这一辈子他唯一爱过的女人还在附近的一家小唱片店里正等着他,准备和他一起私奔。几分钟前,他在唱片店的后房里别别扭扭地与这个女人接了这三百多页的小说里的唯一的一个吻,"别别扭扭"是因为他仿佛觉得好像有什么东西绊着手脚,令他调整了几个姿势始终不感觉舒服,实际上绊着手脚的是他心里的另一桩事,那便是寻找他的父母。他从唱片店逃了出来,一面自我欺骗着去一去就可以很快地回来,一面跳上了早已安排好的汽车一口气就开出了租界,开到了闸北。其实他根本没有充足的理由相信他的父母在失踪二十年之后还活着,即便他们在世,又怎么可能仍然被拘留在二十年前被绑匪所占据的老宅里呢?他的一切行为,无论是恋爱,还是寻找父母,都是托辞,可以给自己安慰,却好像也在寻找借口避免面对一些事实。这实际上与他的身份非常不吻合:他是一个侦探,但是他的举止和心态有的时候却更像一个罪犯,为了掩盖真正的罪行而故意创造一些蛛丝马迹来迷惑自己。

显然这部小说不是典型的侦探小说,但是把克里斯朵夫想象成是阿加莎·克里斯蒂笔下的神探也不为过。石黑一雄不只安排他生活在克里斯蒂的年代,而且刻意模仿克里斯蒂的小说的氛围,但是这种模仿是故意要让读者看得出破绽的,比如,克里斯蒂笔下的神探往往具有超人的洞察力和清醒的理智,他们的出现往往能够重整社会规范，给某个自我封闭的中上流社会带来解脱和安慰。所以有人说克里斯蒂的小说是一战之后英国社会的一帖安神剂，是经过战争洗礼怀着“过把瘾就死”的想法的年轻人的遁世良药。相比之下，石黑一雄这小说的故事也是发生在英国中上层社会里，讲的也是绅士淑女的故事，但是他笔下的男男女女要疯狂得多，虽然他们自己并不觉察。比如，克里斯朵夫就有着比常人更为复杂的身世，体验着为他所受的牛津教育所无法言说的痛苦。他不像个超级神探，却更像石黑一雄的另一部小说 *Remains of the Day*（中文译作《长日将尽》）中的那位为即将被颠覆的上流社会兢兢业业地添砖加瓦的老管家。他盲目地相信他所做的每一件事都是拯救世界的宏伟大业，但却很少关心周遭世界正在发生的巨大变化。他永远在说：“难的是我这里的工作放不下。我必须把工作处理完才能走。整个世界可谓大难临头（这正是二战前夕），我这样半途而废在外人看起来像什么样子？又怎么能让你看得起？”然而，与其说他的工作是救世，不如说是遁世的一种手段，就像读克里斯蒂的小说。石黑一雄可以说是克里斯蒂的一个注脚，其中关键的一节是上海。

石黑一雄像一个喜欢涂鸦的调皮少年，在阿加莎·克里斯蒂构制的英国乡村地图上乱涂了好多条线，越过平川大山，连到了上海，这一下也就从此改变了乡土英国的格局。可以说，上海是使得石黑一雄区别于他的英国老前辈的重要一环；然而这一笔却绝不是偶然的。上海对于石黑一雄一家有着特殊的意义。他父亲就是在上海的租界里出生的，他的祖父曾是日本纺织品公司在上海的总代理，但除此以外，上海也与作者的少数种族的背景很有关系。对于石黑一雄这样的作家来说，英国的故事反而是在英国之外的地方发生的。

对于克里斯朵夫来说，上海是他的源，他的根，他的魇。他在这里出生，他在这里变成了孤儿，他回到这里走进重重叠叠的噩梦。是在上海的映衬之下，这个人物才脱出了其上流社会绅士文化的僵腐的外壳，成为一个能为当代读者接受且同情的真实人物。所以上海又是连接当代读者和三十年代的英国的桥梁。

小说作者声称，不少英国上层人士曾经认为，在二战逼近的紧要日子里，那个"台风眼"不在风云变幻的欧洲，而在远东，准确地说，就在上海。这个观点到底有什么样的历史根据我不知道，很可能又是克里斯朵夫编造出来以安慰自己的一种说法，不管怎样，这种说法描述的都是一种移置；它证明作为一个英国人其自信和骄傲从根本上是和英帝国的地域感分不开的。殖民地是英帝国的边缘，也是"英国性"的最好见证。走在殖民地的马路上,哪怕是最内敛的英国人都免不了有点狂喜,因为这儿好像既是国门之外的广袤的世界,又仿佛是国界之内的本土。一国就是世界,一家就是一国,越到了殖民地越有这样的“家天下”的感觉。到了二十世纪,中国人已经不得不承认“天下”已经远远地把“家”甩在了后面;而英国人的“世界感”,就是前面克里斯朵夫谈到的拯救世界的使命感,却是越燃越旺。

克里斯朵夫更有其特殊的背景,他是一个在殖民地出生的下等公民,他的“英国性”是要努力培养的,他要比在英国长大的孩子更努力地说服自己,他的出生地,那个殖民地,实际上和“英国”没有什么两样。他的家,上海的“公共租界”,在英文里被称为 international settlement, settlement 有多重的意义,既可作暂时的居留,又可作永久的家;既是不断推进的前沿,又可作相对稳定的基地。这种委婉,这份模糊,凝聚了上海对于克里斯朵夫这样的人的全部意义,说尽了中国领土上这一小块租界地和英国本土之间所有的差异和联系。克里斯朵夫用以界定他的位置的那个“家”和“国”,他的全部“世界”,都是从上海的租界开始的。

换言之,克里斯朵夫的“英国性”,是一种微妙的心理平衡,是一条必须维持的心理界限,而且从一开始就是和地理有关的。一旦迷途了,越界了,就好像掉到了地球的外边,与丧失性命已没有什么两样,而上海对他永远意味着这样的危险。小的时候,克里斯朵夫曾经被一个他所崇拜的叔叔带到了南京路的一条弄堂里,这个大人转身就消失在人群里了,等到他气喘吁吁地跑回家时,发现就在他迷路的几个小时内,他的世界已经发生了根本性的改变,最明显的是他的母亲已经失踪了。这个儿时的经验可以解释为什么克里斯朵夫始终对于地理如此敏感。上海令他"迷失",这正是对于他的英国绅士身份的最大的挑战。

克里斯朵夫在闸北迷路之后,上海的街景在他眼前呈现出一些非常超现实的奇巧景象,令我感到他在叙述中已不知不觉地带上了三四十年代好莱坞电影的影子。比如,当他来到了闸北的一个警察局时,即尾随着一个中国军人,穿过一个杂货柜,爬上藏在柜后的一段铁梯,来到了一个类似于屋顶的制高点。这就很像希区柯克的电影《恐高症》里面的情景。由吉米·斯图瓦特扮演的男主角尾随着跟踪对象,爬上一个教堂里的很陡的盘旋楼梯,来到了出事地点——钟楼。克里斯朵夫不只经历了与斯图瓦特非常相仿的眩晕感,而且闸北的棚户区对他来说也是一个"出事地点",当面对这个地图时,他分不清经纬,找不到坐标,像斯图瓦特一样认错了人,但是他的执着也和斯图瓦特相仿,他知道没有别的办法,只能一头扎进去,走一段感情之路,梦幻之旅。

克里斯朵夫在闸北的旅行有多重的指征，他走的路不只是斯图瓦特苦苦求爱的情路，也不完全是因循潜意识而回归童年的梦幻之路，反倒更像是一个英国探险家穿越非洲丛林的征服之路。然而与非洲不同的是，中国的风景全是室内照，全是文化的，没有一点是天然的。他描写在棚户区的废墟里穿行，时常用宅院作比，庭院深深，游廊委曲，这既是他梦中的风景线，又是典型的中国风景工笔画。虽然这是日军炮火之下的贫民窟，虽然他每每穿越的并不是苏州庭院里常见的月门，而是炮弹在墙上打出来的洞，但是克里斯朵夫的脑子里好像早已印上了这幅画，不管他走到哪里，都在不知不觉中控制着他的观察。然而他毕竟不是一个老牌的“中国通”，他甚至分不清什么是古典的，什么是现代的，哪里的风景是比较西化的，哪里是比较传统的。当他走在这个废墟里时，恍惚之间，他觉得如果拆掉一间大房子里面的隔板，他简直就是站在和平饭店的大舞厅里面了。可见克里斯朵夫的参照系本身就是混淆的，即便让他去描写他更为熟悉的租界地，恐怕他也未必能够胜任。

克里斯朵夫执着的使命感在他混乱的观察的映衬下不免显得可笑。比如，当他发现闸北的战势、地形的复杂完全超乎他的控制能力时，他的反应是本能地为自己辩护，为自己开脱。他愤怒地对一位中国军官叫嚷道:“我从你的眼睛里看得出你是在责怪我,好像在说这里的苦难和破坏都是我造成的。让我告诉你,你实际上什么都不懂。你只懂得指挥打仗,这与破解这个极其复杂的案件根本就不是一码儿事。这种事情是需要时间的。这样的案件是需要小心谨慎地处理的!”抗战的困苦当然不是克里斯朵夫一手造成的,然而若要“破解这个极其复杂的案件”,却也不是克里斯朵夫一人可为之的。况且,这个“案件”到底是什么呢?是战争,是殖民主义,还是克里斯朵夫的个人身世之谜?小说结尾处,克里斯朵夫倒是解开了他父母的失踪之谜,然而他也得到了一连串未必能够接受的谜底。比如,他的母亲是被一个湖南的军阀掠去做了小老婆,这才换来了他这二十年来的英国上流社会的教育和生活方式。作为一个骄傲的英国人,面对这个谜底,克里斯朵夫该作何感想?

慢慢地读者就会发现,克里斯朵夫的蒙昧和迂腐绝不是什么可憎的品质,而是作者指点重重叠叠的历史迷津的一个工具。克里斯朵夫是梦的眼,有了他,这本书才有了一种似是而非的催眠魔力,使你睡过去却仿佛在另一个意识间醒着。

二〇〇一年一月于纽约

走进朱利安·贝尔的情感世界

发生在林和朱利安之间的故事根本就是一场文化邂逅，既不是一个单纯的感情故事，也不是一个深入的文化交流。这场情事，随意得很，似乎不大符合当时的历史情况，但是细想一想，三十年代很多西方知识分子的中国之旅不都充满了这样的随意性？

一

旅英女作家虹影在小说《K》里面演绎了一段发生在三十年代中期一位中国女作家林和布鲁姆斯伯里圈的第二代传人朱利安·贝尔之间的爱情故事，小说出版后，勾起了不少编辑、读者对号入座的兴趣。有趣的是，大家关注的焦点都集中在林和程身上，仿佛小说的主角朱利安·贝尔是一个无关紧要的人物。然而在我看来，《K》若是对中国现代文学史作出了什么补充，那么这个补充恰恰是在于她创造了一位内涵丰富的外国人,而且这个外国人又是如此身世不凡才华横溢的朱利安·贝尔(Julian Bell)。

朱利安·贝尔,照小说的说法,是于一九三七年七月十八日死于西班牙的,享年不过二十九岁。他在中国的时候正是二十七八岁的光景,青春年少,满脑子浪漫的念头,与一位中国女作家产生感情本来是一件最正常的事。但是,小说家却在这个普通的爱情故事背后,埋伏了一层又一层的文化内涵。首先是布鲁姆斯伯里文化人放荡不羁的生活方式。朱利安的父亲克莱夫·贝尔情人不断,母亲范奈莎曾与邓肯·格朗特结为密友,格朗特是个双性恋,范奈莎不只给予理解与容忍,而且曾与格朗特生育一女,就是朱利安的妹妹安杰莉卡。朱利安自觉地继承了父母的衣钵,在虹影笔下,他的情人到了林这里已经不下十位,恋母情结促使他把每一场情事都详详细细地告诉母亲,这一来,每一段感情都仿佛带上了三人行的暧昧色彩。他与林的恋爱,基于两个人同为各自文化中的边缘人物,他,因为布鲁姆斯伯里的“不正规的性爱”,而林,从朱利安的角度来看,因其迷恋封建迷信,应该算作进步的现代知识分子中的边缘人物。但是,这个“共同基础”起码有一半是小说家的解释。朱利安毫不了解中国,他即便能够体会林这样的热情女子在婚后的苦闷与辛苦,又何能那么快就理解到一个现代中国知识分子的困境呢？

朱利安对于中国的兴趣是另一个文化内涵。朱利安是一心一意要到中国来参加革命的，然而一到中国，他发现他已“被享乐世界给迷惑住了，忘掉了初衷和志愿，忘掉他一直带着遗书，忘掉他是满怀对整个人类的悲哀和同情而来中国献身的”。他那在剑桥的温室里，布鲁姆斯伯里的客厅里培育出来的自由主义精神就不断地和中国的现实发生冲突。他并不清楚国民党、共产党哪一个更能够代表自由，他并不清楚为什么像林的丈夫程那样的自由知识分子在面对内战时却选择在大学里面继续教他的英美文学，并不像他那样投笔从戎；他更不明白，为什么以布鲁姆斯伯里的标准衡量起来是如此滥情的诗人徐志摩，那个“三等雪莱的货色”，会在中国如此脍炙人口。他不断地提醒自己不要忘掉中国的劳苦大众，然而当他真正目睹了流血之后，他终于认定，“这不是我的革命”，“即便要革命，也没有必要这么血腥”。朱利安到中国究竟为了什么？当事人未必清楚，半个世纪之后的小说家却忍不住对此发表意见。虹影对于三十年代反法西斯的进步西方知识分子不露声色地“损”了一下。有的时候，她甚至没有那么含蓄。比如，当朱利安最后选择离开林、离开中国的时候，作者的口气简直就是指责：“他实际上摆脱不了种族主义,不过比其他西方人更不了解自己而已。他的灵魂深处藏着对中国人的轻视,哪怕对方是他最心爱的女人。在林和程面前,他的决断绝情,说到底,还是西方人的傲慢。”

二

朱利安一到中国就糊涂了,原因在于林带给他的文化意义太丰富了;而作为布鲁姆斯伯里的宠儿,他自己的文化包袱也太沉重了。他不断把自己和父辈们相比,他有意识地实践布鲁姆斯伯里的自由精神和文化理想,以至于除了在床上的时候,他在中西交织的文化迷宫里寸步难行。朱利安在林面前是被动的,“他这个剑桥学生中有名的登徒子,面对猎物,从不犹豫发出一箭,这个中国女人怎么抢了个主动?”还没等他醒悟过来,林已经布下了阵脚,发出了帖子,静静地在北京等着他来研习中国传统文化了。到了北京,迎接他的是一个从妻妾成群的旧家庭里走出来的如同中国古画一般的林,他被她带着参观了戏园子观赏了鸦片馆拜见了齐白石,每看一处景观,朱利安那西方中心,他的男性尊严,都不断地受到挑战。这个时候他的心情十分复杂,他在为挑战所激越之余,又暗自庆幸自己涉猎的运气要比只会在英法女人堆中求欢的父亲要好得多;他不断在中国文化中发现“性”趣的同时,又努力告诫自己不要为文化所羁绊,不要为婚姻所羁绊。朱利安和林之间的感情发展起伏迭宕,充满了戏剧性。他们各自的性格十分鲜明,中国又为他们的情事提供了一个又一个光怪陆离的布景,甚至于那通篇的性爱描写都不妨看成是舞台上的一个个表演,但是这场戏动作很多,却缺了一点婉约缠绵,实际上也不可能有任何缠绵。因为发生在林和朱利安之间的故事根本就是一场文化邂逅,既不是一个单纯的感情故事,也不是一个深入的文化交流。北京、武汉是背景,朱利安是主要演员,而林呢,似乎带有点导演的意味。这场情事,随意得很,似乎不大符合当时的历史情况,但是细想一想,三十年代很多西方知识分子的中国之旅不都充满了这样的随意性?我甚至觉得还随意得不够,这个遭遇的每一步都被赋予了过分复杂的文化意义,其负担之重有的时候很难为两个渺小的个人所能承担,使得他们没有时间细细地把玩感情。

三

我始终认为布鲁姆斯伯里的文化人,从老一代的斯特拉奇、克莱夫·贝尔开始，都是一群过分自恋而潇洒不起来的知识分子。他们都毕业于剑桥，每周四的聚会本来只是为了剑桥的校友毕业之后继续保持联系。他们的确也尝试了种种不同的生活方式，但是始终摆脱不了英国的精英知识分子的包袱。布鲁姆斯伯里的文化人对于传统的背叛，有一半是对于自己的出身的背叛，其辛苦是可想而知的。最有名的伍尔夫不就终身不能摆脱抑郁症的困扰，直至付出生命的代价么？

朱利安·贝尔，这个布鲁姆斯伯里的传人，漫游中国之后又远赴西班牙，除了其社会主义的理想之外，是否有意摆脱英国文化或者布鲁姆斯伯里的阴影呢？我不得而知，但是依稀记得，一九三五年上海出版的《天下》月刊，曾经发表过贝尔的诗。找来一读，我突然意识到这位布鲁姆斯伯里的诗人原来有其十分清纯朴素的一面。他喜欢怀旧，喜欢回忆童年，回忆伦敦。在一首诗里他描写情人的手，从女人的膝盖到胸脯划过，“皮肤细腻的感觉苏醒了，在歌唱”，以此来比喻伦敦初春时分的悸动。另一首描写情人的分离，说湖边呜咽的水鸟的叫声，如同激情已去的情人的心跳。再有，描写伦敦的生活，他说，“无法填补的空虚，难道生活就是如此？让我再努力一下，接受我的责任，之后我便回归自我，让这个物质的世界离我而去”。很难说朱利安这些诗是否是在中国时写的，它那新鲜的字句让我觉得这个人并没有因为他的学问和身世而失去对生活的最基本的感觉。读这样的诗，有的时候很希望能够走入这样一个敏感的人的感情世界，而不只走到他的床上。虹影的书应该说在一定程度上满足了我的这一需要。

二〇〇一年八月

这就是纽约

当你学会阅读这个钢筋水泥的结构的种种神情，当你揣摩到这只怪物的独特脾性时，你是不得不爱上它的。不是因为别的原因，而是因为这个城市有脉搏、有心跳、有脾气、有神色——它是一个活物。

一

纽约最微妙的变化是不挂在嘴上,而挂在心头的。在它悠久的历史上,这个城市第一次变得可能毁灭。一队类似归雁的飞机就可以把这个岛屿上的神仙幻境全部摧毁,焚毁高楼,炸掉大桥,使地铁变为死亡之路,使千万居民化为灰烬。现在的纽约可以在头顶盘旋的飞机中,在日报头版头条的黑框框中感觉到自己生命的尽头。

任何城市的居民都要面对毁灭这一冰冷的现实，纽约这种压力更大，因为这个城市是如此密集。在所有目标之中，纽约首当其冲居第一位。哪位狂人一旦决定施展他的魔力，纽约将对他具有无法抗拒的魅力。

这两段话出自于散文家 E. B. 怀特的一篇长文《这就是纽约》。文章应《假日》杂志之约写于一九四八年七月，怀特当时已经搬离纽约至北部的缅因州定居多年。怀特不是一个好动的人，若不是因为他的继子正在《假日》杂志任职，不是因为七月是新英格兰难过的花粉季节，他是不会愿意在酷暑中躲在纽约中城的一家酒店里完成编辑老爷的作业的。然而另一方面，怀特又是个很认真的人，《假日》的主编对他说，来吧，重访纽约，不无乐趣。他就很严肃地答道，写文章从来不是什么乐事。

怀特的文字一如既往的朴实而稳重，这次对纽约的描述又加上了一点失落感。他在二十年代初出茅庐时结识的专栏作家、报人、出版家都不在了，他虽然靠着回忆和广博的见识仍能如数家珍地讲讲名人在纽约曾经生活过的地方，讲到在某个餐馆里偶遇一位半个世纪前走红的电影明星时他仍然兴奋不已，但是，这次来纽约他终于感到有些力不从心了。这就是为什么他写了前面引到的两段很悲凉的文字,并以此为全文作结的原因。不知道是否二战的阴影还留在心头,也不知道文中提到的"归雁似的飞机"是否确有所指(战后不久有一架战斗机曾撞到了帝国大厦上,怀特在文章中也有提及),更不知道怀特为何对战后纽约的急速发展表示怀疑,总之,暴力与和平在怀特看来似乎是纽约这个"钢筋水泥筑成的谜团"所无法统一的两极。一方面摩天大楼"傲视空中的轰炸机",另一方面中城的联合国代表着"人类的联盟",纽约就这样同时给人带来"全球性的困惑"和"普遍的答案"。对此矛盾,怀特的态度很明确:不去面对纽约这个"诡秘而辉煌"的城市,那就等于死亡。

谁曾想半个多世纪后怀特的话竟成谶语。

二

九月十一日之后不久,纽约苏荷区的一位居民和屋主用自己的一间店面办了一个摄影展,取名即为"这就是纽约",展出的不只是名家专家的作品,普通的居民游客,只要拍的照片与"九一一"有关,全部接受,所有照片展出后以统一价格出售,因为摄影展的组织者有意要向观众提供一种"民主的"历史记录。

我去参观时,最为一张照片所震惊,它拍的是第二架被劫持的飞机逼近世贸中心二号塔的情形。那天天真蓝，一丝云彩都没有，那架飞机就像是翱翔的大雁，轻松地飞向世贸大楼。若没有旁边一号楼顶的滚滚浓烟暗示着危险，有谁会把这样一个自由飞翔的物体与死亡连在一起？这张照片好就好在它看上去漂亮得像一张明信片，却又是最惨痛的一段历史的记录，这两者的结合使之平添某种超现实的神秘感。它描述的正是怀特的散文中的景象，贴切地传达了怀特的那种明知山雨欲来却仍能保持内敛和平静的复杂态度。难怪“九一一”后，怀特的这篇散文在网上广为流传。说起来，这个事件在某些方面像是按照怀特的设计才发生的。生活有的时候真会仿真艺术！

每当生活仿真艺术时，一般人感觉震惊和无奈，是因为找不到合适的语言来表达痛苦。重读一些幸存者的回忆就有这样的感觉。当世贸大楼倒塌时，很多人被身后翻滚的尘烟追着向前跑，虽然是早晨九点钟，他们的眼前却是一片漆黑，很多人是摸着墙壁跌跌撞撞地跑了十几分钟才重见天光的。那种情景照人们描述起来完全像是走进了描写世界末日的科幻电影。有不少这样的电影都是以纽约作为背景的。还有的人，从世贸中心逃出来后，一路向北跑，因为他们从电影上学到，恐怖分子下一个目标一定会是联接纽约和周围的几个东面郊区的大桥，尤其是壮观的布鲁克林大桥,所以向那个方向跑等于自取灭亡。这个时候,除了艺术并没有什么别的办法来表现某种极限的感觉。“九一一”之后的一个月,我陪外州来的朋友来到下城的“重灾区”,朋友略带失望地对我说,好像不如电视上看到的“惨烈”。我想她并不是要躲到电视机里去逃避,而是因为这一段时间的新闻实在是超级的悲壮,极度的煽情,以至于包括我自己在内的许多人,都整天守在电视机前,重新热爱上新闻。明知电视的局限,明知有的新闻主持人的偏颇,它还是成为我们终日的消遣,甚至是不可回避的现实。有多少人在九月份不是看着看着报纸就潸然泪下了!

三

那是个星期天,天空灰蒙蒙的已经带上了深秋的寒意,纽约是疲惫无奈的。世贸的废墟离我们起码有几百米远,空荡荡的,没有人的迹象,甚至没有救援人员,我们惊叹了一番紧临世贸的一座黑色的三四层高的大楼居然没有倒,又往南走了几个街口,才发现原来这座楼的侧面好像是被剖开了内脏的尸体,心呀肺呀委曲盘旋的肠子呀都露在外面。它的旁边就是已经不复存在的世贸大厦,废墟清得差不多了,只余下了一扇楼体正面的残骸,窄窄的椭圆形拱门，顶着同样窄窄的长方形的窗户，这扇残片斜立在地上，令我想起圆明园遗址。小时候总是专挑天色将晚的时候游圆明园，因为夕阳西下中的残骸最美，因此从来也没有想到过圆明园原来应该是完整的，甚至想象不出它完整的时候是什么样子的。应该说，"九一一"弥补了我从未受过的屠城的教育。一夜之间，我成了幸运中的幸运者，不只见过世贸大楼本来的样子，而且在纽约生活的这十几年中，它已经完全成为我生活中不可缺少的坐标。每次走出地铁，被白灼灼的阳光晃得两眼眩晕时，在地上找一找世贸大楼投下的阴影，便知道哪个方向是正南了。和世贸中心有着这样密不可分的功利主义关系的人绝不只我一个。应该说，整个纽约市都曾生活在世贸大楼的阴影之下。七十年代它刚刚开始动工时不少人表示反对，因为它太高，太大，套用一句英文中的俗语，它就是一个"五百磅的大猩猩"，像是试图推倒帝国大厦的金刚。但是，这几十年来，纽约接受了这个怪兽，并不是因为它变得驯服了，而是因为人们学会了如何与五百磅的大猩猩同居一室而不感到威胁。在这个时候，当它死去的时候，我们的悲哀是可想而知的。"九一一"以后，我每每想到，今后国内的朋友来访问纽约时，我该如何解释才能填补他们心中从未有过的空缺呢？

这十几年来，纽约城对我而言就是这样不断向我的承受能力发出挑战的一只怪兽。四十年代末怀特对于纽约的观察在我的心里也时常产生共鸣,这个城市在向纵向横向天上地下不断地扩展之后,俨然变成了一个“钢筋水泥筑成的谜团”,它是不让人宁静,不和人亲近的,我曾经觉得它好像是永远要故意与人性对立而又漠然存在的一个客体,一个他者。但是后来我发现当你学会阅读这个钢筋水泥的结构的种种神情,当你揣摩到这只怪物的独特脾性时,你是不得不爱上它的。不是因为别的原因,而是因为这个城市有脉搏,有心跳,有脾气,有神色——它是一个活物。“九一一”牺牲了无数生命,这是无可否认的事实。但是我始终觉得这个城市乃是最大的受难者。然而,谁又最能代表这个城市呢?我想这可能是怀特的文章中所暗示到的最大的谜团。十月份纽约举办了一个为振兴城市而演奏的音乐会,请到了许多六七十年代的经典摇滚乐歌手和社会名流,由大众精神领袖克林顿领衔,由前“披头士”的成员保罗·麦卡帝尼殿后,大家唱了不少的反战老歌,也谱写了几首适应当今战势而又歌颂民主自由的新曲。艺术家是真诚的,然而,当你听到观众里不断传出啸啸的歌吼时,当你看到会场上如涌如潮的国旗时,你真的怀疑,一个城市的心灵痛苦,是否真的就此得以解脱?一个城市的损失,是否可以靠树立几个国家英雄就能得到弥补?在一般人的概念中,国家是有疆域有国界的,城市却不然。近几百年的历史证明,国家是应了对抗侵犯的需要而生的,所以它的痛苦是比较容易诉说的。一个城市的痛苦却经常被闷在心里,说不出来,越是开放,越是多元,越让人觉得仿佛说出来的痛苦只是几个人的痛苦,并不代表这个城市。最后的结果,便是在今天的世界上,离开了国家,就没有别的渠道交流痛苦。然而,我更坚守的信念是,对于纽约的认同,那是和对国家的认同所不同的。

彼得·海斯勒于"九一一"以后的不久在《纽约客》上撰文提到,温州的录像店有出售以世贸大楼爆炸和偷袭珍珠港为题的录像带,并与类似《侏罗纪公园》那样的好莱坞经典放在一起,且使后者逊色不少。海斯勒的意思是在说,世界上的其他地方若把美国的灾难当作消遣来看,并无可厚非,因为如果真能够化金戈为商品,好莱坞真的能够取代荷枪实弹的恐怖组织、国际警察,那么岂不天下太平?海斯勒说得不错,但是有一点他忽略了,那便是,若为促进世界和平起见,那么温州为大众消费的DVD,最好能够传达九月份每个在纽约居住的人所感觉到的惶恐、困惑、愤怒、不安。这也不难,艺术品常常是最有效地传达这些感觉的渠道,只是制作人要格外地费一番心思才行。

二〇〇一年十一月

怀旧的故事

有的人会觉得小说家有点像个布道者，我却很感激这样的作者，感谢他给了我一张感情的地图，真正使得属于不同的时间和地点的漫游者能够沟通。

米兰·昆德拉的新作《无知》讲的是一个关于怀旧的故事。西方传统里的怀旧经典是《奥德赛》,常人都把荷马的这部史诗看成是一个漫游历险的传奇,昆德拉却把它看成是一部“归去来辞”,俄底修斯与卡丽苏过了七年的神仙日子,突然有一天对她说,“佩娜罗裴远不如你高贵和美丽,但是我唯一的愿望就是在自己的家里醒来”。昆德拉评道:“可怜的卡丽苏,我时常想到她。她深深地爱着俄底修斯,但是世人多叹惋佩娜罗裴的丧夫之苦,却对卡丽苏的泪水默然无视。”可想而知,昆德拉对于怀旧是持有点怀疑的态度的。昆德拉又说,俄底修斯流浪了二十年,他的家乡的人对他毫不怀念,反而能清晰地回忆出他的很多往事,相反,俄底修斯整日沉浸在怀旧的情绪之中,却没有记忆,对于家乡,对于亲人。回到伊洒卡后,乡亲们不断向他介绍家乡的变化,他心里却在想,为什么没有人对我说,“给我们讲一讲你的经历吧”。他于是怀念漫游的时光,特别是有一次遇难菲国,国王不断地问:你是谁?你来自何方?回到了家,这些问题当然没有意义了。他怀念那些能够讲述自己的故事的机会。昆德拉的另一部著作题为“生活在别处”,可见他是把回归看成对于生活的一种否定,把怀旧和记忆对立起来的。

荷马告诉我们,俄底修斯这样一个情感丰富的英雄好汉生活在一个不可解的悖论之中,既逃脱不了怀旧的情绪,又不愿放弃丰富的生活。一般人都免不了要选择一方,要么选择遗忘,要么选择滥情,或者说,要么选择此时此刻的生活,要么选择沉湎于对过去的回忆中。然而,“选择”二字是那样的简单,哪里可以容纳两个处在选择的十字路口的普通人的错综复杂的感情纠葛?这便是昆德拉的小说了。读完之后,我深深地感到,人真是“无知”。因其无知,才有感情。昆德拉的小说短短的两百页,却具有《红楼梦》一样悲天悯人的气魄。

在小说的三分之一处,主角艾琳娜在巴黎机场偶遇旧时的朋友约瑟夫,二十几年前她是在一个酒吧里结识他的。当时她注意到了他关注她的眼神,离开酒吧时,她特地落后了几步让他赶上来,之后,他递给她一个从酒吧里偷来的烟灰缸。她那时已经结识了未来的丈夫马丁,并莫名其妙地卷进了地下的政治活动,其后不久,她便流亡了,在巴黎一住就是二十年。马丁去世后,她又改嫁,生活得很幸福。她的外表始终是平静和美丽的,但是心里却从没有安宁过。她觉得她"从来没有选择过自己的男人",她知道她需要"不掺杂任何怜悯和感激的成分的爱情",她决定再"流亡一次,义无反顾地,冲向属于自己的生活"。

当艾琳娜抱着这样的心情见到约瑟夫时,很有分寸地表达了她的心情,他的回答却非常简短,非常得体。他本来想要她的电话,想了想,反而给了她自己旅馆的电话,让她占据主动位置。约瑟夫也在国外旅居了很多年,丧偶不久,心理的创伤还没有完全愈合,他本不想回国,并没有太多牵挂,他的心还放在他过世的丹麦夫人身上呢。他是在外省的小镇上长大的,专业是兽医,对政治并没有太大的兴趣,一九六八年苏联的坦克车滚进了捷克,他看到满街飘着的红旗,心里一阵恶心,便决定出走了。他那时刚刚离婚,单身一人并无牵挂,他选择了丹麦,因为那也是一个小国,它的爱国主义和捷克一样,也是"带着一种失落的语气”叙述出来的。约瑟夫就是这样一个非常普通的小人物。

如果说艾琳娜是怀旧的动物的话，那么她这个毛病是从十几岁第一次失恋后就落下了。从那时起，每次恋爱，她会下意识地把她的新男友领到和第一个男友约会的地方，有的时候重复第一次约会时的场景，有的时候稍稍做些改变，她暗暗地摸索着“现在和过去的诡秘的联系”；“聆听着过去的足音，使她感到她的生命在时间中运行”。“每当她发现新欢和旧爱之间有一些契合之处时，一种强烈的美感就油然而生”。所以在她的生命中，过去是源泉，是动力，现在的每一分钟反而是被过去所驱使、所控制着的。她并不是不能适应现实生活，只是她的节奏总是要慢一步。她离开捷克时是匆忙的，但是，她很快适应了法国，学会了法语，回到捷克，她反而感到非常的疏离。法语、俄语都已不再流行，取而代之的是英语，“沉睡了多年的布拉格终于苏醒了过来”，艾琳娜的瑞典丈夫“爱上了这个城市，他不像一个爱国者在每个角落寻找着过去的痕迹，他更像一个冒失地闯入游乐园而不愿意离去的孩子”。艾琳娜的布拉格却是另一番景象，她爱的是“宁静的林阴密布的街道”。有一天当她在这样的街道上漫步时，她想起一个捷克诗人对于怀旧的定义，即怀旧等于把自己反锁在一间空荡荡的房子里，三百年不和外人接触。这个怀旧的主体不是某个人,而是变色之前的捷克。但是若捷克有感觉,有意识,那么艾琳娜便是它的化身了。艾琳娜的意识里也有一个不向外人展示的密室,是属于过去的,也是属于性爱的,她的布拉格不是"Gustaftown"(她的丈夫所在的城市古斯塔夫),所以她要走出去,寻求新的感情。

相比之下,约瑟夫是一个非常现实的人,对于重返故里他并没有太多的奢望。回到捷克时,他只觉得自己是"一个在坟墓里沉睡了二十多年的僵尸,两脚软绵绵地踏上了这块并不坚实的土地"。他回来后走访了几家亲戚,对于父亲留下来的产业,乡下的老宅,他已经下定决心不去争了,但是看到兄弟手上戴着的曾经是属于他的手表,看到嫂子房间的墙上挂着的原是属于他的油画,他心里略微有点不平。实际上,他不是吝啬,而是因为他对于过去的关系完全是通过这些具体的器物建立起来的。比如对待他的亡妻,他就感到只是在心理上的牵挂还不足以达意,他要把自己的生活安排得仿佛她从来没有离他而去一样。约瑟夫不像艾琳娜那样一味地迷恋过去,他更像是一个古董商,他的过去不是单纯的一个场景,而是由一件一件东西堆起来的。他的日记就是其中的一件收藏。我们有幸读了几则他少年时期的日记。他原来是一个非常自负、非常不解世事的小顽童。有过几次浪漫的经历,每一次关注的好像只是女性的生理反应,当女朋友在他的怀里哭泣时,他只注意到她的微微颤动的嘴唇,然后就在日记中自以为是地写道:“我非常敏感地注意到她的每一个痛苦的表象。”离开捷克之后,他才真正尝到幸福的滋味。那完全是因为他的太太,“幸福使他的现实变得十分具体”。失去了她之后,他执着地要求和过去对话,他需要过去在他的现实生活里以一种十分具体的方式表现出来。他常去扫墓,不是去探望死人,而是去探望朋友。他把家里收拾得井井有条,是因为他的太太随时都可能回来。他回国特地带上了一件他太太最喜欢的西装,好像她伴着他来到这里。

对于过去,约瑟夫的态度是现实的;艾琳娜却是浪漫的。他们之间的区别不只是性别,还有城乡的区别,性格的差异。艾琳娜是明朗的,有激情的;约瑟夫却是阴柔的,充满了自我嘲讽的。

当两个人在酒店里终于重逢,本来没有可能发展下去的浪漫关系突然改变了性质,其契因是语言。“她突然把最后的一句脏话翻成捷克语,压低了声音说了一遍。”“他顿时被激怒了,因为那些粗糙、肮脏的字眼只有用捷克语说出来对他才能有用。那语言像根一样是埋在心底里的性欲。”这之前,约瑟夫读的是丹麦语的《奥德赛》。用性来指征国家和文化在昆德拉的小说里并不陌生。“他看着她的私部，眼前突然呈现出他儿时的砖房和房前的一株杉树。”“他知道她在向他求救。她给了他一个机会，在芸芸众生中寻找到一个姐妹。”但是，他还是走了。很少有作家能够以极端理性的方式来描写类似于性、依恋、怀旧这样的东西而不流于枯燥的。小说的书名“无知”，实际上是个反语，因为这部小说充满了知性的优美，就此反衬出人的无奈。有的人会觉得小说家有点像个布道者，我却很感激这样的作家，感谢他给了我一张感情的地图，真正使得属于不同的时间和地点的漫游者能够沟通。

二〇〇三年一月

后　　记

编辑给我这个集子起了一个英文题目“Lost in Translation”，是在套用美国电影“迷失东京”。电影导演苏菲·科波拉是名门之后，她一出手就不同寻常。但是记得这个电影刚刚出来的时候曾经引起过一场不大不小的争论，有些人对于电影丑化、喜剧化亚洲文化颇为不满。另一些人却认为电影的故事封闭在两个美国人的感情世界里，东京只是背景，并没有故意丑化另一个文化的意思。

如果说科波拉的电影和这个集子里的文章有什么暗合之处的话，那么可以说我们关心的是一个共同的主题，那就是文化遭遇。但是我是不满足于把另一个文化仅仅作为一个背景和场遇来处理的，我也不相信“translation”是一件不可为的事情，它的结果只可能是意义的丧失。我相信翻译不只可以有限度地传达一种真实，而且是一件十分有必要有意义的事情。

我的文章和科波拉的电影的另一个暗合之处，就是电影的爱情主题。我觉得遭遇一个文化和谈一场恋爱有着某种深层的必然的联系。一个文化的内在逻辑就像是一个乖戾而内敛的情人永远不说出来的潜台词，需要细心聆听反复地揣摩的。有的时候仅仅以知性的态度去对待还不够，因为我们的目标不是知识，而是情欲。这个集子里有好几篇文章的主角是暗恋另一个文化的人，这种暗恋是缺乏逻辑的，但是也是可以理解，甚至很可爱的。

作为第三者，描述他人的文化遭遇像是在偷窥别人谈恋爱，再传达给他人。我虽然大致做到了不偏不袒，把来龙去脉交代清楚，但是写好一个爱情故事谈何容易，更何况我不是小说家，杂志编辑给我的时间又非常有限，所以现在再读自己的文字有很多可删可改的地方，但是我决定不去动它了。这些文章是某个时候的产物，我会继续写下去的，也许会写得更好。

这些文章除了一篇之外不只是首先发表在《万象》杂志上，

而是为这个杂志而写的。《万象》对于我来说也不只是一个简单的背景和场遇,而是一个活生生的有着它独特的内在逻辑和乖戾的脾性的文化,要加入这样一个文化并不是一件容易的事。我还清楚地记得写这些文章时我是多么的不安和恐惧,我是怎样的和自己的文字作战。虽然不是一个平和的过程,但是这个杂志也不断逼着我去读去写,所以我应该为和它有过这样一段亲密接触感到庆幸。

这个集子里的文章从选题到写法,《万象》的编辑陆灏都有过不同程度的参与,这是应该特别指出的。此外,在文章写作过程中,很多老师和朋友比如李欧梵、查建英、陈冠中、也斯、林道群等都不断地鼓励我支持我,没有这些知音我是写不下去的。我对他们十分感谢。

2005 年 7 月